没落貴族の嫡男なので好きに生きようと思います
～最強な血筋なのにどうしてこうなった～

主な登場人物
ユーリ
ストリートでスリを働いていた少年。最初はアシムと対立していたが、後に仲間となる。
シャルル・バスタル
バスタル王国の王女。危険なところを助けられたことをきっかけに、アシムとのつながりが生まれる。対外的には優しく振舞うが、王女として計算高い部分もある。
アシム・サルバトーレ
サルバトーレ家の長男。転生者のため、現在のサルバトーレ家の没落ぶりを正確に把握しており、両親に代わってなんとか復興させようと奮闘する。

ガゴ・デュラム
サルバトーレ家を借金の型にはめて飼い殺し状態にするデュラム家の当主。自分たち家族の利益のためにならなんでもする危険な男。
リーゼロッテ
王国騎士団の副団長で、シャルル姫の護衛役。真面目で堅物な性格で、自由奔放なアシムには振り回されることが多い。
エアリス・サルバトーレ
アシムの姉で、武の名家のサルバトーレ家の中でも卓越した剣の使い手。かなりのブラコン。
アイリス・サルバトーレ
アシムの妹。幼いながら魔法の使い手で、本人に自覚はないが天性の才能の持ち主。姉同様、かなりのブラコン。

Contents

没落貴族の嫡男なので好きに生きようと思います

～最強な血筋なのにどうしてこうなった～

やまと

イラスト
ダイエクスト（DIGS）、黒銀（DIGS）

1章　没落貴族に生まれて

5歳の誕生日が終わった夜、夢を見た。

〝前世の記憶〟――自分が、この世界とは関係のない日本という場所で生きていた夢。

朝、目が覚め、記憶のせいで混乱が生じる。

まるでもう一人の人生を歩んだような、しかしまだその人生は終わっていないような不思議な感覚。

「この前世という知識もそうなのか」

なぜかいろいろなことを理解できてしまう。

それも知識量が増えたからだろう。前世の記憶を持った状態で転生して異世界でやりたい放題している物語を結構読んでいたようだ。

昨日までの自分を思い出してみる。

元貴族のサルバトーレ家嫡男《ちゃくなん》、2つ年上の姉と2つ年下の妹がおり、名家の跡取りとして期待されていた。

ところが、父親が領地を上手く治められず、他の貴族から応援として借りた文官に嵌《は》められ没落してしまう。

それが1年前のことだ。

嵌められた親はポンコツに見えるが、実はかなり優秀な戦士なのだ。その武勇一本で活躍を認められ、貴族にのし上がった叩き上げの騎士ということもあり、平民の憧れと貴族の嫉妬を一身に受けていた。

良くも悪くも注目の的であったサルバトーレ家は、紆余曲折《うよきょくせつ》を経て現在は平民の家ということになっている。

元は王都に屋敷を持ち、国王軍で活躍をしていた武力派の貴族、それがサルバトーレ家。

現在は、嵌めてきた貴族の下で武官として働いている情けない状態であるのだが、兵士としての地位が合っているのか、心なしか父は領地を経営するよりも働きやすそうにしている。

「詰んでませんかね、これ?」

貴族に嵌められ、借金まみれにされ、飼い殺し状態。しかもその借金は父親が一生働いても返せない額という絶望的な状態のため、息子の自分も押さえられている始末。

昨日まではこんな状況も理解できていなかったのだから、最悪だ。

「独立したくても、できないな」

自分一人なら最悪逃げて他国でハンターをやっていればいいが、自分が逃げるイコール家族の死を意味する。

「金貨１０００枚返さないとダメか」

領地経営をしていれば、１０００枚はなんとか作れるだろう。しかし個人が領地を経営できるほどの資産を得るには、貴族に任命されるぐらいの活躍が必要になってくる。

兵士として一生懸命働いても金貨１０００枚はとても遠く、息子の世代で返せるかも怪しい。

「そこも制限かけられてるし、どうしよう」

貴族になるぐらい目立つには国王軍か騎士団に参加するのが一番だが、首輪を付つられている現状では無理だろう。

父アダンを雇っているデュラム家は、サルバトーレ家が他に行かないように借金という鎖をかけ、その武勇を利用してのし上がろうとしているようだった。

「アシム！」

父親が自分を呼ぶ声が聞こえる。

「朝の鍛錬《たんれん》だぞ！」

この時間になると姉のエアリスが起こしにくるが、今日は早めに起きていたので自分一人で部屋を出る。

寝坊をしているわけではないが、どうしてか姉は毎回早めに起こしにくるのだ。

「取りあえず金を稼ぐ手段を考えないとな」

訓練場となっている庭に向かいながら、これからどうするか考える。

「おはよう、アシム」

「おはようございます、姉上」

姉のエアリスだ、毎朝の鍛錬を一緒にやっている。

女性で武官になる人は少ないが、さすが最強サルバトーレ家の血を引いているだけあって才能の塊であった。

「よし、揃《そろ》ったな！　始めるぞ！」

借金まみれとはいえ、この時間だけは父親が偉大に見える。

「なんだ。今日は珍しく1人で起きてきたのか、アシム」

「そうなんですよ、お父様。私が起こしに行く前に出てきちゃって」

昨日までは、この剣術の練習が嫌で嫌で仕方がなかった。

しかし、この窮地を脱するには自分の才能を確かめる必要がある。

「さあ！　始めましょう、父上！　姉上！」

「なんだ？　やる気だな、何かあったのか？」

父親がクエスチョンマークを頭に浮かべる。

「あらあら、アシム。どうしたのかしら？」

おっとりとした口調で姉も不思議そうにする。

「僕も男ですから、強くなりたいと思ってますよ。将来は姉上やアイリスも守っていかなければなりませんから」

アシムの言葉に、父も姉も微笑ましそうに笑った。

まさか、没落した父親が頼りないから頑張るとは言えない。

「それはよかった！　ならばサルバトーレ家の嫡男として最強を目指せよ！」

「ああ、食べちゃいたい」

7歳の姉の口から何やら不穏な言葉が聞こえたが、お腹が空《す》いているのだろう。

「では父上！　お願いします！」

「よかろう」

◆◇◆◇◆

「ありがとうございました！」

父親とはいえ剣の師匠だ、礼儀を弁《わきま》えるのを忘れない。

「アシム、今日はカッコよかったわよ」

父がさっさと家の中に入るのに対し、姉のエアリスが話しかけてきた。

「姉上、ありがとう」

「ふふ、どうして急にやる気になったのか気になるわね」

「あの……僕も男なので」

「そうじゃないわ、やる気になった出来事が知りたいのよ？」

「僕も5歳です！　サルバトーレ家の名に恥じないような男になりたいと昨日思ったのです」

「あらあら、もしかしてデュラム家との婚姻の話を気にしているのかしら？」

実はアシムの5歳の誕生会の時に、サルバトーレ家を嵌めたデュラム家が嫌がらせに来たのだ。

◆◇◆◇◆

「エアリスとアイリスを許嫁《いいなずけ》に？」

「ああ、うちの息子の第2、第3夫人にと思ってな」

父、アダンは嫌な表情を出さないように考える顔をする。

「デュラム家との絆《きずな》も絶対的な繋がりになると思うが、どうかね？」

貴族ではない家から嫁ぐのは相当いい話なのだが、サルバトーレ家は普通の平民ではない、最強の平民なのだ。

しかし、借金の件もあり断りきれない。

「ええ、しかしいきなり許嫁とは」

貴族同士の協力関係を強固にするには有効だが、平民との結婚は貴族側に得はない。

サルバトーレ家を配下に置いておきたいという下心が見える。

「まぁ無理にとは言わないが、身内になればもっと親密な関係になれると思っただけだからな」

借金の請求はいつでもできるんだぞと、脅しているようだ。

もしそうなれば、貧困生活に質を落とさない仕事ぶりが求められる。

「そうですな、せめて娘が学園を卒業するまで考えさせてくれませんかな？」

「高等部卒業まで、かな？」

どうにか時間を稼ぐことしかできないのが歯がゆい。

「ありがとうございます、それまでには娘にも説明ができそうです」

「そうだな、いやぁめでたい」

借金を返せないのを分かっているので、この婚姻はほぼ決まったも同然だった。

◆◇◆◇◆

「昨日のことか……」

姉に言われてアシムは前日のことを思い出していたが、時間が経つにつれて苛立《いらだ》ちが募《つの》っていった。

「わざわざ俺の誕生会に言いに来るのは嫌がらせだな」

昨日までは何も思っていなかったが、今日からは違う。

「僕がそうはさせない」

一人、決意を固める。

幸いなことに剣術も才能があったようだ。姉には勝てなかったが剣術を習っている期間の差が出ているようなので、しっかり訓練を積めば十分な実力を付けられるはずだ。

「お兄様！　先生がいらっしゃいましたよ！」

妹のアイリスが呼びに来た。

剣術の次は朝食を食べて魔術の勉強に入る。

「ああ、今行く」

部屋の外で待っている妹のところに行く。

姉は魔法の才が全くなかったので、基礎を習って終わりだったらしいが、妹のアイリスは3歳にもかかわらず既に魔法が使える。

普通は天性の才能があっても、5歳が早い方らしい。

かくいうアシムも5歳で魔法を使えた天才の一人なのだが、妹に記録を越されてしまった。

剣術では姉に勝てず、魔法では妹に負ける。

「男の威厳的に、大丈夫かな？」

面子《めんつ》的に心配になるが、これからは努力すれば結果がついてくるということを知識で知っている。

前世に比べれば遥かに恵まれた才能だ、アシムに悲観する気持ちはなかった。

「行こうか」

「うん」

天使のような笑顔で癒《いや》してくれるアイリスを連れ、先生のところへ向かう。

「やっぱ、俺がなんとかしないとな」

妹の笑顔を見て、より一層自由に生きてほしいと思った。

「お兄様、何か言いました？」

「いや、なんでもない」

借金の犠牲にはしないと誓いながら、アイリスの手を引いて歩き出した。

「先生、今日は何をやるんですか！」

「アシム君は今日も元気でよろしい」

先生はおじいさんのような白い髭を生やしながらも、背筋が伸びていて力強さを感じる。

「では、今日はイメージの強化について学びましょう」

「イメージの強化？」

日本で生きていた頃は得意分野だったが、今はどうだろうか。

「そう、イメージです。アシム君は既に2種類の魔法が使えますね？」

「はい、火と水です」

「火の魔法を全力で使ってみてください」

以前にも最大火力を知るために全力で使ったことがあるが、その時は掌《てのひら》大の大きさの炎だった。

「では行きます」

実習なので外だ。自分の中でイメージを固めながら、火魔法を発動させる。

普通だったらここから呪文を唱え、魔法を発動させるのだが、前世の記憶が無詠唱でいける

と訴えかけている。

「どうしました、アシム君?」

先生の言葉と同時に掌の上に炎が灯《とも》った。

魔法の発動時に火傷《やけど》したわけではないのだが、炎の様子がいつもと違った。

「ア、アシム君! 今無詠唱でしたね⁉」

先生が驚いている。無詠唱を使える人はいなくはないが、ごく一部の人間にしか使えないとても難しい技術の一つである。

「それに、その炎はなんですか?」

発現した炎が黒色をしており、異様な雰囲気だった。

「あれ? 何か黒い炎をイメージしたら出ました」

「イメージの話はまだ教えていないのですが……そうですね、どんな炎か確認したいので訓練用の人形に撃ってもらえますか?」

「はい」

先生の指示に従い、人形に撃ち込んでみる。

人形に当たったが爆風も起きず炎が纏《まと》わりついているだけで、焼けていないという不思議な現象が起きていた。

「これは……少しアダンとお話があるので授業は中止します、その魔法はくれぐれも使わないように」

先生はそれだけ言うと、さっさと行ってしまった。

「お兄様?」

アイリスは何もしないまま終わってしまった。アシムは申し訳なくなった。

「自習しようか、あの魔法、使わなければいいみたいだし」

「自習?」

「ああ、自分で練習することさ」

アイリスはまだ3歳。普段年齢相応とは思えない言動や理解力なので、分からない言葉を使ってしまった。

「はい!」

元気のよい返事をもらった。

「普通の炎も使えるか試してみよう」

いろいろ試したいことができたので、順次試すことにした。

「お、お兄様、すごいです!」

驚いたことに、火、水だけでなく、風、土、の四元素魔法を使えるようになっていた。

しかし魔法を使い過ぎた反動で、魔力切れを起こしている。膝に手をつき、なんとか身体を自分で支える。

「お兄様、大丈夫ですか？」

「ああ、疲れたから少し休ませてくれ」

「お部屋に行きましょう」

妹に連れられ、部屋で休むことにした。

「ふぅ、いろいろできることは分かったけど、魔力量が足りないな」

この年齢ではかなりある方だが、四元素魔法を自由自在に使いまくりたいので魔力量を増やすことが課題になりそうだ。

「デュラム家には秘密にしておかないと」

父親次第になってしまうが、デュラム家が知ればこの力を利用しようと一生馬車馬の如く働かされる未来しか見えない。

「取りあえず、昼まで休むか」

アシムは魔力を回復させるためにベッドで横になり、一度寝ることにした。

◆◇◆◇◆

「エイバル、どうした？」

　アダンは扉を乱暴に開ける友人の様子がいつもと違うのを感じ取り、警戒と不安をその顔に滲《にじ》ませる。

「アダン！　アシム君のことで話したいことがある」

「なんだ？　何かあったのか？」

　魔法の先生として息子を教えてもらっているが、いつもならこの時間は訓練を行っているはずだ。

　それにもかかわらずここに現れ、息子であるアシムの話をするということに一抹の不安を覚えるのは仕方のないことだろう。

「ああ、そうだ。アシム君の魔法についてだ」

「そうか、時間が今は少ないがすぐ終わるか？」

　今は仕事中なので時間が取れないが、我が息子のこととなれば聞くくらいのことはする。

「内容自体は大してない。相談が必要なら夜にでもしよう」

「分かった」

　早急に話をしに来たのだろうと予想はつくが、意外と落ち着いているので、こちらも同じように落ち着いて聞いていられる。

「アシム君の魔法だが……神聖魔法だ」

「神聖……あの神聖魔法か？」

国には、かつて神を傷つけた魔法があったという言い伝えがある。実際神など見たことはないのだが、この国の神話として語り継がれている。

「ああ、文献通りの魔法だ」

「魂を焼き尽くす神をも殺す魔法」

神聖魔法で殺せないものはないと言われている。

「なるほど、実際に見てどうだった？」

「生き物には試していないが人形に放ったところ、人形に被害はなかったよ」

「つまり、魂のみを焼き尽くしているということか？」

神話の通りならば、神聖魔法の炎は黒い炎で、対象に放っても見た目には何も変化が起こらないらしい。だが魂が焼き尽くされ、本当の意味での死を迎えるとされている。

「それはまだ分からないが、十中八九そうではないかと思っている」

「分かった、ありがとう。夜に相談したいからまた来てくれ」

「ああ」

そう言って、アダンとエイバルは別れた。

「神聖魔法……それが本当ならば大事じゃないか」

◆◇◆◇◆

少し寝てだいぶ楽になったので、今後のことを考えてみる。

「母さんみたいにハンターとして稼ぐか……」

アシムの母親はもともとハンターで魔物狩りをしていたが、父と結婚すると引退した。

しかし1年ほど前、借金を返すべくハンターに復帰して、今はどこか知らない国まで出向き、大物を探しているはずだ。

この国でハンター業をすることも可能ではあるが、周辺に大物が出るという情報はない。

そろそろ魔物の氾濫《はんらん》『スタンピード』が起こる年周りではあるが、確実に起こるとも言えないので、母は自ら動くことを選択したのだ。

「母さんは連絡がつかなくなって行方知れずか」

国を跨《また》いでしまうと、連絡が非常に取りづらくなってしまう。

表面上は争いがなくとも、同盟関係でない限りいつ敵になるか分からない国の者が、簡単に情報を持ち出せるようなことはまずない。

面倒くさい手続きを行えば可能ではあるが、面倒くさがりの母親がそれをやるとは思えない。

それに、ハンターで金貨1000枚を稼ぐには、ドラゴンなどの最強種を狩る必要がある。

それは一発で稼ぐ方法なので、もう少し難易度を下げた方法でやっていると思うが、間違いなく魔物探しで忙しいはずなので、連絡が来るとしたら落ち着いてからだろう。

「ドラゴンなんて普通、狩れないしな」

ドラゴンはこの地上で最強と言われている生物だが、基本山に篭《こも》っているので出会うことはまずないと言っていい。

万が一、出会うとすれば、自らその住処《すみか》に赴くか、向こうが山を下りてきた時ぐらいだろう。

「新たな知識を使って金儲けか？」

新しく手に入れた前世の記憶を思い出すが、実際に使えるような知識はない。

簡単な知識はあるが、それも学生の頃学んだことで、細かいことは覚えていなかったりするようだ。

「やっぱどうにかして、もう一度貴族になるのが一番かな」

隣国と接している辺境伯にでもなれれば、金貨1000枚などすぐ返せるのだが、その分軍備の整備や敵の動向を常に掴《つか》まないといけないなど、休む時間さえなくなるだろう。

「あ、もう少しで昼ごはんか」

考え事をしていたらお昼の時間になっていた。

「憂鬱《ゆううつ》だ……」

お昼が憂鬱なのではなく、午後はデュラム家の息子と同じ鍛錬をしなければならないからだ。

朝と昼の2部構成をこなしているのだが、正直近所の子供の遊びに長時間拘束され続ける感覚だ。それほど自分には合っていない鍛錬内容になっている。

「そりゃ、手を抜きたくなりますって」

アシムが鍛錬に身が入らないのは、この午後の日課が大きな原因であった。


「では始め！」

「やー！」

小太りの少年が精いっぱいの力を振り絞って、切りかかってくる。

「ぐぬぬ！」

最初は受け止めるが、何合か打ち合った末に負けてしまった。

武の名家に生まれ、姉を除けば同年代に敵なしのアシムが負けてしまう少年。

その人物とは、決して機嫌を損ねてはいけない人、デュラム家の息子ゴドーだ。

なぜ負けてしまうのかといえば、別にゴドーが強いわけではない——まごうことなき接待だ。

そもそもゴドーは6歳で、甘々に育てられている。強くなれるような教育は受けていない。

せめて、この鍛錬で少しでも鍛えられればいいのだが……。

「ゴドー！　やはりあなたは天才ですわ！」

鍛錬中に声をかけてきたクソババアこと、ダリア・デュラム夫人が付きっきりで甘やかしているので、それを期待するのは無理そうだ。

ゆえに、この鍛錬は無駄な時間以外のなにものでもない。子供の時間は有限なのだ、じゃましないでほしいと切実に思うが、立場が許してくれない。

父もよくまじめな顔を崩さずやっていると思う。

「次、エアリスとアシム」

連戦だが問題ない。

「お願いします」

姉との模擬戦は本気で戦う。

ゴドーとの戦いとは全くレベルが違ってくるが、ゴドーや夫人が武術のことを分かるわけがないので手を抜いていることがバレる心配はない。

午前中は終始姉のペースだったので、せめて一矢報いたい。

「アシム！　いくわよ！」

おっとりしている姉だが、戦っている時は凛々《りり》しい雰囲気を出すので最初の頃はギャップに驚いて何もできずに負けてしまった。

しかし今はそんなことにも慣れ、油断はない。

踏み込んで一気に押し込もうとしたが、嫌な予感がしてやめる。

「あら」

姉が残念そうな顔をする。やはりカウンターを狙っていたようだ。

「だけど、格上に攻めさせたらダメよ」

「しまった！」

いつもだったら、姉に攻めさせないように猛攻を仕掛けるのだが、今この瞬間は姉の意図に気付いてやめてしまった。防戦一方になり、苦しい展開になってしまう。

「結構粘るじゃない」

昨日までなら早々に負けていたが、今日は姉の狙いがよく分かる。

午前中に動きを見て観察できたのが大きいのだろう、逆転はいまだできないがなんとかついていけている。

「ここよ！」

体勢を崩すために、姉が腰の部分を狙ってきた。

「くっ！」

このままでは終始ペースを握られ、終わってしまう。ならばと思い切った行動に出ることにした。

「これで！」

体勢を大きく崩されるくらいならと、回避する勢いをそのまま使って姉に飛び込む。

「っ！」

姉は虚をつかれたはずだが、反応してしっかり返す。

カウンターを喰らうのは避けられないが、こちらが先に攻撃を当てれば勝ちだ。

――お互いの剣が交差する。

「私の勝ちね」

「くそっ」

剣はアシムの腕に当たっていた。

最後の賭けと捨て身で特攻したが、やはりこちらの動きをしっかり見て対処ができる相手には厳しかったようだ。

「だけどアシム、午前中とは大違いね」

アシムの剣はエアリスの首元に添えられていた。

首は危険すぎるので狙いを外す分、余計なロスが生まれてしまっていた。

「夢中で戦っていたので余裕はないですよ、姉上」

「ふふ、逞《たくま》しくなったわね」

姉がやさしい眼差しを向けてくる。

まるで聖母にでも微笑みかけられたのかと見紛《みまご》うほど美しい表情で、やさしい雰囲気を醸し出している。

「よし、今日はここまで！」

父親が終わりを宣言し、鍛錬は終了となる。

このあとは座学を学び、１日のスケジュールが終わる。


１日も無事終わり、家族みんなでの夕飯となった。

「エアリスは来年学園に入学だが、心配なさそうだな」

アダンが嬉しそうにエアリスに言った。

この世界では8歳から初等部に入学し、16歳の高等部までの間、学園に通う家が多い。

とはいえ、平民は金銭的に長い年月通うのは厳しいため、初等部の6年間が終わると、高等部の3年間は仕事をしながら通う者がほとんどである。

初等部は入学金さえ払ってしまえばそのあとお金がかかることはなく、学園側が出してくれるのだ。

高等部からは入学金がない代わりに授業料が発生し、そのお金で学園の運営がなされている。

高等部は地位の高い先生が担当して設備なども充実し、環境が整っていてお金がかかるのだが、そのぶん内容の濃い教育を受けることができる。

そんな高等部を出るのは貴族の義務とも言われており、平民の目標の一つでもあるのだ。

「はい、初等部では自分の力量を計りたいと思います」

貴族ともなるとその年齢までに家庭教師を雇い、初等部の教育を終わらせているのだが、サルバトーレ家は平民のため、平民が多めのクラスに入れられる。

「うむ、よい仲間を見つけるのだぞ」

初等部では学ぶというより、仲間を作ることが目的だ。

「しかしエアリス、苦手な魔法も頑張った方がいいのではないか?」

父も学生の頃は魔法がダメで苦労したのだという。

「卒業できるレベルにはなっていますので大丈夫です」

勘違いしないでほしいのは、今の会話はサルバトーレ家基準ということだ。

姉エアリスは既に高等部並みの魔法を扱えており、なんら心配はない。

「アシム！」

突然、自分に話を振られアシムはビックリした。

「お前、今日の剣術はどうしたんだ？　見違えるようだったぞ」

珍しく褒《ほ》められている。毎日厳しいことを言われているわけではないが、褒めるということを普段しない父親の言葉はすごく嬉《うれ》しかった。

◆◇◆◇◆

夕飯も終わり、部屋から退室しようとしたら父に呼ばれた。

「アシム！　話があるから私の部屋に来なさい」

「はい」

素直について行く。たぶん朝の魔法の件を先生から聞いたのだろう。

どういった判断が下されるのかドキドキする。下手をしたら幽閉や軟禁といった自由を奪われる可能性も考えてしまう。

「座りなさい」

「先生」

父に座るよう促された。部屋には先生も待機していた。

「なぜ私がいるか分かるね?」

「はい」

これで確定した、神聖魔法の話だろう。

「朝の魔法だけど、あれは神聖魔法と言ってとても危険な魔法なんだ」

「神聖魔法って、あの?」

「そう、おとぎ話に出てくる神をも殺したとされる魔法だよ」

とんでもない魔法だ、神話レベルの魔法で扱える者はもちろんいないはずだ。

これから確認しようと思っていたので、慎重に扱わなければならない。

「本当は、5歳の子に使わせていいものではないんだけどね。まぁサルバトーレ家だから心配はしてないよ」

サルバトーレ家の子供は、幼い頃から強い力を持っていることが多いので、力の振るい方などの教育は徹底されているのだ。

具体的には直々に父親が教えてくれるのだが、力を使う方向を人間にした場合、とても痛いんだぞ、というのを教えてくれる。10にも満たない子供にすることでないと思うが、それだけサルバトーレ家の子供たちの成長は早い。

「私からも言うことはいつもと同じだ。力に溺《おぼ》れるな、足下を掬われるぞ」

「はい、承知しております」

サルバトーレ家は強いといっても、不死ではないのだ。幼い頃から上には上がいることを叩き込まれる。

「明日からの授業なんだけど、アシム君は時間を多めにとろう。休憩が少なくなるけどいいかい？」

「大丈夫です」

今日もひと眠りするぐらいの休憩時間はあった。自分には十分長い休憩なので問題はない。

「うむ、では明日からも精進するように」

父のその言葉を最後に話は終わった。

自分の部屋に入り、呟《つぶや》く。

「今夜から頑張らないと」

◆◇◆◇◆

アシムは、暗い森の中にいた。

「ここらへんから試そうか」

森の入り口付近ではあるが、今回は確認の意味合いが強い。

明かりを灯すと魔物に見つかるので、気配を頼りに探る。

「気配を感じ取れるとか、間違いなくチートだな、これは」

サルバトーレ家では普通なので当たり前と思っていた力だが、前世の記憶がチートという存在だと教えてくれる。

林の方から魔物の気配を感じる。

「先に感づかれちゃったな」

魔物はこちらを警戒しているようで、既に戦闘態勢だった。

「悪いが、実験台になってもらうよ！」

黒い炎で林ごと燃やす。

「ギャオ！」

ビックリして魔物が出てきた。

「あれ？」

魔物は燃えていない。

「林が燃えてる……のか？」

林に黒い炎が纏わりついているが、燃え広がる様子はない。

「水で消せると思ってたけど、普通の炎とは違うようだ」

初っ端《しょぱな》から使っておいてなんだが、水で消えなかったらどうしようと内心焦っている。

魔物がいては消火活動に集中できないので、先に魔物を倒すことにする。

「エアーインパクト！」

詠唱ではなく、魔法名を叫ぶ……完全に気分だ。

戦闘に入って高揚しているようだ。林から出てきた狼型の魔物を瞬殺し、早速消火活動に入る。

「やべ」

全然消えない。燃え広がることはないみたいだが、どうすればいいのか分からない。

しばらくすると、炎が消えた。

林に被害は出ていない。

「時間経過で消えるのか？　自分で消せないと間違いが起きた時に対応できないな」

非常に困った状態である。自分でコントロールできないと、危険すぎていざという時に使えないので宝の持ち腐れになりかねない。

「もう少し実験だな」

本当はお金稼ぎのために魔物をどれくらい狩れるか試しにきたのだが、ついつい熱が入ってしまった。

「おお！　もう一回燃やせば消えるのか！」

炎を試しに同じ場所に発生させてみたら消えた。

黒い炎は、黒い炎で消えることが分かった。

「これで安心して使えるな。そろそろいい時間だし帰るか」

炎の特性が分かったのは大きな収穫だった。

倒した魔物は持ち帰れば家族に見つかるのは確実なので、置いていくことにした。


翌日。

「アシムー！」

姉の呼ぶ声で起き上がる。

するとドアが勢いよく開き、姉のエアリスが入ってきた。

「姉上、グエッ！」

いきなり抱きしめられ、息が詰まり変な声が出る。

「もう！　また私が来る前に起きようとするんですから！」

「いや、声かけたのはグエ！」

弁明は許さないと言わんばかりに、抱きしめる力を強められた。苦しいので降参の意味のタップをする。

「ふぅ！　アシム補充完了ですわ」

自分に燃料の働きが備わっていることを初めて知った。

「いい、アシム、私が声をかけても起きてはダメよ？」

なんとも意味の分からないことを言う姉だ。

「では、声をかけなければいいのでは？」

「ダメよ！　声をかけたけど起きないから私の好きにしていいのよ！」

何かすごい暴論をお持ちのようだ。

「さあ、お父様がお待ちよ！　行きましょう」

姉に手を引かれ、寝巻のまま連れていかれた。

今日は、週に2日ある休みのうちの1日目だ。

休みというのは、あのおデブ坊ちゃまの相手をしなくていい日という意味だが。しかしそれがないだけで相当時間に余裕ができる。

いつもは姉のエアリスと鍛錬したり、アイリスも連れて街に出かけたりと結構楽しんでいる。

「このちょっとした自由を与えることで、不満を抑えているんだろうな」

今となっては、デュラム家の思惑が分かる。

サルバトーレ家を都合のよい駒程度にしか思っていないのだろう。最近は扱いが雑になってきている。

「僕に自由を与えたことを後悔させてやる」

いつもより毒を吐いてしまう。なぜなら朝食のすぐあと、エアリスがゴドーに呼び出され、休日というのに連れて行かれてしまったからだ。

「姉上を我が物顔で連れていきやがって！」

そう、ゴドーは既にエアリスと結婚したつもりでいるようだ。

「ようし！　ゆっくり進めてる場合じゃないな。ここからは最短を目指そう」

その計画を実現するために、早速ある場所へ向かう。

2章　シャルル姫との出会い

アシムはハンター依頼所に来ていた。ここでハンターとして登録して、仕事をもらう計画だったのだが――。

「あ？　ハンター登録？　すまんが子供は登録できないんでな！　せめて12歳になってから来な」

「なんだと！　どうやって年齢を確認したと言うんだ！」

依頼所は普通年齢確認はしないのだが、アシムはあまりにも小さすぎた。

「はいはい、とにかく登録できないから！　ちょっとこの子が駄々をこねるから連れ出しておくれ！」

受付のおばさんは容赦なく言い放った。

「ぐぬぬ」

ここで騒ぎを起こして、デュラム家に嗅ぎ付けられるとまずい。

「ほらほら、行った行った！　動物でも捕まえてきたら買い取ってやるから」

どうやら子供のお小遣い稼ぎだと思っているらしい。

「本当？　絶対だよ！」

「ああ。分かったから、さっさと行く！」

言質《げんち》は取ったと、勝利のガッツポーズをしながらハンター依頼所を出て、早速森へ入る。

魔物はうじゃうじゃ湧くわけではないので、地道に探さなければならない。

しかし、気配を感じ取れるアシムは索敵範囲が広い。しばらく進むと――。

「お！　あそこだな！」

木の間に向かって、風魔法を叩き込む。

「グルウォア！」

ウシ型の魔物ビッグブルが林から飛び出してくる。

「よいしょ！」

奇襲で相手が反応する前に、例の黒い炎でビッグブルを焼く。混乱しているブルは最初炎を消そうと暴れまわるが、途中で熱くないことに気付いて、不思議そうにしている。

「そのまま、そのまま」

アシムは少しにやけてしまう。既に試したので結果が分かっているのだ。

「ほい、いっちょ上がり！」

不思議そうにしていたブルは眠るように倒れた。

「どうやって運ぼう」

アシムは重要なことを忘れていた。魔物を倒したあとのことを考えていなかったのだ。

「解体とかできないや」

狩ったあとの輸送方法で、今の自分でも使えるものを考えてみる。

「風魔法で運べるな」

自分の魔法で運べることに気付くが、問題点もある。

「でも目立つな」

できるだけ目立ちたくはないので、アシムが顎《あご》に手を当てて悩んでいると、人の気配がした。

後ろからその人物に声をかけられたので振り返ると、そこにハンターらしき格好をした男が立っていた。

◆◇◆◇◆

「なるほどな。それで、これどうするんだ？」

話している人はハンターを生業《なりわい》としているフェルッという男性だ。

「運べないので、このまま焼いてしまおうかと」

「おいおい、もったいない！　なら俺にくれよ！」

「いやいや、自分で狩った手柄を他の人に渡したくないですよ」

「ぐぬぬ」

変な悔しがり方をしている。

「坊主、お前そんなに強いのか？」

「ビッグブルを綺麗《きれい》な状態で倒すぐらいには」

「なら、俺と専属契約を結ばないか？」

フェルツが笑顔で、提案をしてきた。

「専属契約？」

「ああ、俺がその魔物を運んで売ってくるから報酬の4割を俺にくれ」

4割とは、さすがに吹っ掛けすぎだ。

値下げ交渉を前提に提示しているのだろうが、子供だということもあって舐《な》めているのだろう。

「話になりませんね」

やれやれと首を振りながら、火魔法を発現させる。

「無詠唱！　苦しいが、3割でどうだ？」

下げて妥協しましたよ、という感じを出したいのだろう。

「はぁ、あなたが吹っ掛けているのは分かっているんですよ？　1割です」

「さすがに1割はないだろう！　2割でどうだ！」

「条件付きならいいでしょう」

2割が落としどころだろうが交渉の立場はこちらが有利そうなので、できるだけ渋ってみる。

「条件？」

「はい。僕の戦闘にはついてこないこと、そして僕のことは秘密にする、何も聞かない。これが条件です」

「魔物を運ぶのに、戦闘について行かないのか？」

フェルツがそれは可能なのかと疑問が投げかけてくる。

「ええ、運んでほしい時は事前に待ち合わせをしましょう」

「お前はどうやってそこまで魔物を運ぶんだ？」

「何も聞かないこと……」

早速約束を守ろうとしない質問に牽制を入れる。

「う！　せめて契約に支障がないぐらいは聞かせてくれよ？」

「いいでしょう。あなたは僕の狩ってきた魔物を運んで売って、8割を僕に渡す。それ以外のことはしないでください」

「秘密主義ってやつか」

「ええ、それを守ってもらえるなら契約しますよ」

「分かった、乗ろう！」

フェルツにとってはとても美味《おい》しい話だった。

命の危険を冒さないでお金が入るのだ。しかも契約相手はビッグブルを綺麗な状態で狩れる実力者。かなり高額な報酬が見込める。

早速ハンター依頼所に行き、フェルツとの契約を済ませた。

「よし！　早速狩りに行ってくるから、太陽がちょうど12時の時にビッグブルを倒したところで待ち合わせね！」

「了解した」

これでお膳立ては整った。休む間もなくその足で魔物を探しに行く。

依頼者が狩りに行くという珍しいケースだが、気にしない。普通はハンターに依頼を出すのだが、自分は特殊なケースなので森へ向かう。

魔力を温存するために剣を持っていきたかったが、持ち出して怪しまれるのは避けたかったので持っていくのはやめた。

「よし。さっきは楽に倒せたし、もう少し先に進むか」

集合場所の目印にするために、燃えない程度に木げ目をつけ、念のため水魔法で消火しておく。

「ん？」

前方に多数の気配を感じて顔を向けるが、姿は見えない。

「群れ？　森の中に？」

森の中で群れる魔物がいるのは不思議だ。森では少数で行動した方が隠れやすいため、自然と単体か少ない数での行動になる。

しばらく進むと、塀で囲まれた集落みたいなところに出た。

「オークか」

集落を作っていたのはオークだった。オークは知能が少し高く、ちょっとした家や武器を作るとされている。

「あれは？」

オークに捕まったのか、武装をした女の人が運ばれていた。

青い髪に騎士のような格好で、位の高そうな人物だが今は戦ったあとなのかボロボロになっていた。

気を失っているのか、既に死んでしまっているのか、遠目からは判断できないが、そのままにしておくことはできない。

「新しい集落だな、早めに潰《つぶ》しておかないと」

ハンターの数は多いわけではないので、こういった集落を見逃してしまい、被害が拡大することがある。今回のケースもそうなのだろうが、女の人を見る限り誰かを警護している途中で襲われてしまった可能性が高い。

女の人が藁《わら》でできた小さい小屋に運び込まれた。

「よし、行くか！　魔力温存したいから持続系で！」

風魔法を腕に纏わりつかせ殴る。そうすることにより魔法の発生の部分を抑えることができ、破壊力の割に魔力を節約できる。

オークの数を鑑《かんが》みて、長期戦になる可能性を考慮し燃費のよい方法を採用する。

「ヴッ！」

当たる直前にオークが気付いて反応したが、頭を撃ち抜いて黙らせる。威力がありすぎたようでいろいろ悲惨な光景になってしまった。

「返り血やばいな」

服に血がかかってしまい、服の半分が真っ赤に染まってしまっていた。

「う～ん、魔力使っちゃうけどしょうがない！」

血がかかるのが嫌なので、風魔法を身体にも纏わせる。飛んでくる血を風で吹き飛ばし自分にかからないようにするためだ。

「よし！　これで血はかからないし全身凶器だ！」

1回の魔法で数多くのオークを倒すことができるので、魔力の節約と殲滅力を両立できる。

といっても魔法を維持することは難しいので神経を使う。

しかし魔力を一番使う『発生』の部分を減らせるので、結果的にこちらの方が魔力の節約になるのだ。

「何をする！　やめろ！」

小屋の中から女の人の声が聞こえた。いい状況ではないが、生きているということはまだ救えるということだ。だが、オークの『他種族の雌《めす》に子供を産ませる』という習性を考えると、女の人が深い心の傷を負ってしまうので早めの救出が必要になってくる。

「早くしないと！」

まさかすぐオークが獲物に手をつけるとは思わなかった。じゃまをしてくるオークたちを倒しながら急いで小屋に入る。その戦闘音で女の人を襲っているオークたちに気付かれた。

小屋の中には予想通り服を切り裂かれ、オークに組み伏せられている女の人がいた。

「離せ、獣ども！」

オークに隠れてアシムの姿が見えないため、助けが来ていることを分からないのだろう。身体を精一杯よじりながら、これから待つ地獄のような運命から必死に逃れようとしている。

助けに来た人が5歳児だと逆に不安になりそうだが、そんなことを気にする余裕はないので後ろからオークの横っ腹を蹴り、女性から引き離した。

「え？」

女の人に血がかかるといけないので、蹴り足だけ風魔法を解き、身体強化魔法だけで攻撃をしたが、いきなり現れた5歳児を見て女性は固まってしまっていた。

「それでは、僕は外を倒してきますので、何かあったら叫んでください！」

女の人の反応をよそに、アシムはさっさと外のオークを倒しに行く。

「あ……」

女の人が何か言いたそうにしていたが、さっさと外に出てしまう。

外ではオークたちが集まり、死体と小屋の周りに溢《あふ》れていた。

「よし！　殺し合おうか！」

こちらを見ているオークたちに向かって先制の一撃を与える。戦闘中は自分でも分かるぐらい気持ちが昂《たかぶ》っている。ついつい言葉遣いが荒くなる。

「水魔法で行くぞ！」

誰に宣言するでもなく、水の刃を飛ばしまくる。

「風の方が操りやすいけど、水の方が威力は出るな」

貫通力は水が上で、操作性は軽い風が上だ。広範囲への魔法で、先ほどの魔法よりも殲滅力が格段に上がる。

「よし！　ある程度数が減ったな」

数を減らしたあとで肉弾戦に切り替え、魔力の節約に入る。ここを切り抜けたとしても、万が一まだ戦いが残っている可能性を考慮する。

「よっと！」

武器を構えているオークが多いが、全く戦闘のスピードについていけていない。

——完全なる蹂躙《じゅうりん》。

「いっちょあがりかな」

「な、なんてこと……」

後ろから声が聞こえる。振り返ると、先ほどの女の人が小屋から出てきていた。どうやら戦闘を全部見ていたようだ。

「あー！　危ないから中で待っていてほしかったんだけど」

「い、いや、すまない。戦闘音が激しかったのでつい」

戦闘中は、流れ弾や手の届かない敵がいた場合、助けることができないので外に出てほしくはなかったのだが。

「それより大丈夫ですか？　どこか怪我《けが》していませんか？」

「大丈夫だ、ありがとう。それと敬語はやめてくれ。君の話しやすいように話してくれないか？」

「いや、でも」

さすがに大人に対してタメ口というのは抵抗がある。前世の記憶が蘇るまでなら大丈夫だっただろうが、敬語の国・日本人として難しいものがある。

「恩人に敬語を使ってほしくないのだ」

本当にやめてほしいといった様子なので、仕方なく折れることにする。

「じゃあ、やめま、やめるよ」

「それでいい。あらためてありがとうございます。私はリーゼロッテといいます」

女性が頭を深々と下げ、後ろで結っていたであろう髪がバサリと広がる。

「どういたしまして。それとリーゼロッテさんの方が年上なんだから、それこそ敬語はやめてよ」

ほどけた髪を気にした様子はないので、敬語の方をどうにかしようと試みる。年上相手に敬語を使われてこちらはタメ口など、それこそ悪い気がしてならない。

「いや、でも」

「なら僕も敬語にするよ?」

対等にやろうと意思表示をするとリーゼロッテが少し考える素振りを見せ、口を開く。

「仕方ない。了解した」

「うんうん」

「聞きたいことがあるのだが、いいか?」

「いいよ」

リーゼロッテが恐る恐るといった感じで尋ねてきた。

「貴殿は何歳なのだ?」

あの戦闘を見て疑問に思ったのだろう。確かにオークの集団をあっという間に倒してしまう子供などいない。例外は知っているが……。

「あ、名前言ってなかったね。僕はアシム」

「アシム……君はなんでそんなに若くて強いんだ?」

一つ目も答えていないのに、２つ目の質問がきた。

「まず僕は5歳で、強いのは父親がとっても厳しい人だからなんだ」

「なるほど、それ以上は聞かない方がいいか？」

身内の話になりそうだったので、気を使ってくれたようだ。

「そうだね。別に悪いことしてるわけではないけど、この強さは秘密だったりするから聞かないでほしいな」

ハッキリと明言はしないで、深い事情があるように話す。

「なるほど、分かった」

リーゼロッテは気を使える女性のようだ。時には何も考えず根掘り葉掘り聞いてこようとする輩《やから》もいるから正直助かる。

「次、僕が聞いていい？」

逆にこちらから質問をしてみてもいいかと確認してみる。

「ああ、恩人だからな。なんでも話すぞ」

「いや、話したくないことは話さなくていいよ！」

リーゼロッテの態度を見ていると本当になんでも話しそうだったので、無理はしないように釘《くぎ》を刺す。

「そうか、ありがとう」

真剣な表情を見る限り、本当になんでも話す気だったみたいだ。

「それで、お姉さんはなんでオークに捕まったの？」

「私は王国騎士団所属の副団長でな、姫様の護衛をしていたのだ」

驚いたことに、騎士は騎士でも国の中でもトップクラスの騎士のようだ。

「ちょ！　話したくないことは話さなくていいよ！」

護衛は重大な情報だろうと思い、今一度注意を促す。

「話したいのだ！」

目をキラキラさせている。

「ええ……」

この人はこっちを巻き込もうとしているように見える。もしかしたら護衛対象の捜索をお願いされるかもしれない。

「それでな、姫様が城へ帰る道中で盗賊に襲われたのだ」

「盗賊？」

オークではなく盗賊らしい。

「ああ、盗賊は撃退したのだが、その時に何人かやられてしまってな」

「はぁ」

「そのあとすぐにオークの群れに出会ってしまったのだよ」

滅茶苦茶不幸な運命である。盗賊をどうにか撃退したと思ったら、次はオークの集団だ。想像するだけで絶望的な状況だったことが窺える。

「それで疲弊していた私たちは姫様を逃がすので精一杯で、私は殿《しんがり》を務め捕まったというわけだ」

リーゼロッテは騎士の鑑《かがみ》のような人物らしい。人はいくら訓練を積もうとも、最後の最後では本性を現してしまうものだ。

「姫様は無事逃げ切れたか分かる？」

「いや、分からない……」

「そりゃそうか」

リーゼロッテは捕まってしまったのだ。姫様がどんな状態か知る余裕はなかっただろう。

「しかし、姫様が逃げた方角からすると、王都とは逆だったからまだ逃げている途中だと思う」

「それは大変じゃないか！」

一度王都から離れてしまったら、オークから逃げきれても護衛がいない状態では危ないだろう。その状態で魔物や盗賊に再度見つかれば、いずれは力尽きてしまう。

「アシム、無理を承知で頼む！　姫様を一緒に助けに行ってはくれないか？」

リーゼロッテがまた深々と頭を下げる。綺麗な青い髪が土で汚れているが、その姿は美しく、まさに騎士といった力強さがあった。

「頼む！　私のできる限りの報酬を用意する！」

正直無償で助けてやってもいい、王族に恩を売れるからだ。それに最初から助ける気でいたので何も問題はない。

「そうだな、それじゃあ僕が助けてほしい時に助けてくれるってことでどう？」

「それでいいのか？」

「素性が分からない相手が助けを求めるんだよ？　王国に歯向かうとかだったらどうするのさ」

タダより高いものはない。

「それは……」

「まぁそれはないから安心してよ。なんて言うかな、僕は今自分の地位を上げようとしているんだ」

5歳児が地位を上げると言っていることに、リーゼロッテは混乱しているようだ。眉を少し歪ませている。

「地位を上げる？」

怪訝《けげん》そうな表情を崩さず聞いてくる。

「うん、何もない平民だといろいろ動けなくてさ」

「君は騎士団に入ることが夢なのか？」

「そうだね、そう言ってもいいかもしれない」

嘘だが、騎士になってもいいと思っているので自分の中でセーフにする。

「そうか、よい夢だ」

さっきから5歳児とは思えない対応だったが、目標が騎士団とは実に若者らしいと思ってくれただろう。

「分かった！　私のできうる限り君の助けになろう」

「うん、約束ね！　じゃあ助けに行こうか」

護衛対象の姫様を早く助けてあげないと、怖い思いを今もしているだろう。

「ありがとう！　それに君の強さなら絶対騎士になれるだろう」

「僕もそう思う！」

こんな状況だが、冗談で笑い合う。

「ハハハッ！　子供の冗談ではないのが、また気持ちいいな！」

オークの集団を1人で壊滅させたのだ、確実に騎士団に入れるだろう。姫様の元へ行こうと歩を進めるが、倒れているオークの死骸が気になり、すぐに足を止めた。

「あ、ちょっと待ってね」

「ん？」

風魔法で、オークたちをある場所まで飛ばす。

「これでよし！」

「なぜオークを？」

「気にしない気にしない！　行くよ！」

「あ、ああ」

今度こそアシムとリーゼロッテは、お姫様が逃げたであろう方向に向かう。

「こっちだ」

姫様が逃げたであろう方向を指し示す。

「逃げた方向が分かるのか？」

リーゼロッテが半信半疑といった表情で聞いてくる。

「ああ、ここだけ草の倒れている方向がおかしいだろ？」

「倒れている？　私には普通に見えるのだが」

無理もないだろう、見た目としてはそんなに変化はないのだから。

「こっちで合ってるさ」

しかし、アシムにはしっかり見えていた。おそらく体重が軽いのだろう、草の曲がり方が弱かった。そこからさらに進むと――。

「あ！」

リーゼロッテが何かを見つけたかのように叫んだ。

「ああ、そのまま助けに行くぞ！」

リーゼロッテの視線の先には、オークが人を襲っている光景があった。どうやら何かの魔法で身を守っているらしく、オークたちが取り囲んで魔法の壁らしきものを殴っていた。

その人物を助けるためにオーク1匹1匹の頭を吹き飛ばし、一撃で仕留めていく。

「リーゼロッテ！　無理するなよ！」

リーゼロッテは途中で拾った武器で戦っていたが、1匹倒すのに時間がかかって囲まれそうになっている。

「クソッ！」

一刻も早く襲われている人物であろう姫様を助けたいが、リーゼロッテを見捨てるわけにもいかない。

仕方なくリーゼロッテのところまで戻る。

「僕の後ろを頼む」

オークと1対1なら問題ないようなので、相対する数を限定してあげる。

「すまない」

自分が足手まといになっていることが悔しいのか、謝罪をしてきた。

「倒さなくていいからな！　早く姫様と合流するぞ！」

「ああ、頼む」

基本アシムが一撃で倒すため、オークたちが警戒して近寄ってこなくなってきた。

逃げられる前にどんどん倒す予定だったが、リーゼロッテをフリーにするわけにはいかない。

オークが逃走に入っても見逃すしかなかった。

ついに姫様の前に到達する。

「シャルル様！」

「リーゼ……」

オークを完全に追い払った。

姫様は限界だったのか、魔法が解け倒れ込む。

「シャルル様」

リーゼロッテが駆け寄り抱きとめる。シャルル姫は若いが、十代といった感じでアシムより年上だった。リーゼロッテは姫様に夢中だったので、後ろで倒れている男を調べに行く。

「死んでる……」

姫様の護衛として戦ったのだろう、既に息をしていなかった。

リーゼロッテがこちらに気付き、姫様を抱きかかえながら近づいてきた。

「そいつは最近姫様の近衛《このえ》に抜擢《ばってき》された有望株の若者で、名をアドイという」

「そうか」

姫様を守るために戦った命に手を合わせる。

「ここを離れるぞ」

「ああ」

若い近衛も連れていきたかったが、守るものがある今リスクは取れなかった。リーゼロッテも分かっているようで、何も言わなかった。

街へ戻る道中は必要最低限以外の会話はなかった。途中でリーゼロッテが疲れているようだったのでシャルル姫を代わりに持とうとしたが、自分の身長では引きずってしまうため、休みを多く入れて進むことになった。

「取りあえず役場に行こう」

「そうだな」

王都への連絡と、保護を求めるために役場に向かった。

「僕はここまでになるから」

役場でリーゼロッテに別れを告げる。

「そうか、せめて家を教えてくれないか?」

ついてこない理由を深くは聞いてこないのは、こちらに気を使っているのだろう。しかしお礼はしたいので、家を聞いているらしい。

「それは……秘密だ」

少し迷ったが、今は素性を伏せることにした。もう少しお互いが落ち着いてからの方がいい気がしたのだ。

「それでは約束の礼をするのが難しいのではないか?」

「必要な時は僕から行くよ」

姫様と騎士はいる場所が分かりやすいので、こちらからコンタクトは取れるだろう。

「分かった、しかし私は王城にいるぞ?」

「大丈夫」

アシムの表情を見て、これ以上言っても無駄だとリーゼロッテは理解したのだろう。素直に引き下がってくれた。

「そうか、アシムという子供が訪ねてきたら話を通すように言っておく」

「助かるよ」

デュラム家に怪しまれてはいけないので、今は目立つわけにはいかなかった。

◆◇◆◇◆

リーゼロッテと別れてコーデイルに戻ってからは、鍛錬やゴドーの相手で時間が過ぎていった。

だが、ある日暇ができたので前々から考えていたことを実行することにした。

「お！　あれ買おう！」

住んでいる街コーデイルから、午前中いっぱい全力で走って王都に辿《たど》りついた。

「鍛錬積んでてよかった」

普通王都まで馬車で1日かかるのだが、アシムは既に英雄の域に足を踏み入れていた。

「会えるか分からないからな、観光よりも用事を先に終わらせるか」

観光という毒牙にかかっていた自分の心を律した。早く用事を終わらせるために、『王城』

へ向かった。

「すみません!」

「なんだ、坊主?」

城の門を守っている騎士に話しかける。兜《かぶと》を被《かぶ》っていて顔は見えないが、声が野太く威圧を感じるほどだった。

「アシムといいます! リーゼロッテ副団長はいらっしゃいますでしょうか?」

「おお、礼儀を知ってるガキだな。あいにくだが副団長様はお忙しいので会えないぞ?」

話を通しておくと言っていたのは嘘だったのか。もしくは時間が経ちすぎて忘れられているか、いずれにしても通してくれなさそうだった。

仕方なく、リーゼロッテを呼び出してもらうために演技をすることにした。

「僕、リーゼロッテお姉ちゃんにいつでも来ていいって言われたから来たのに……」

瞳に涙を溜めながら騎士を見つめる。

「お、お姉ちゃん? もしかして親戚か何かか?」

「お姉ちゃんは、従姉《いとこ》って言ってたよ」

「従姉だって?」

「うん」

取りあえず話を通してもらえればいいので、あとでバレてしまう可能性は考慮しない。

「ちょっと待ってろ」

「約束してるなら通さないとまずいぞ」

「とにかく確認だ」

一人の騎士が慌てて王城に入っていく。

しばらくすると……。

「アシム！」

王城の方からリーゼロッテが見えた。

「マジで従姉かよ」

残っていた騎士が呟く。あとで勘違いと気付くかもしれないが、リーゼロッテが受け入れている時点でそのような心配をする必要はなくなった。

「ご苦労さん」

騎士の腰の部分を叩き、労ってから中に入る。騎士は信じていなかったのか、渋い顔をしていた。

「アシム！　久しぶりだな！　急にどうしたんだ？」

「リーゼロッテ、久しぶり。約束を果たしてもらおうと思ってね」

「中で……話そうか」

顔色が変わったリーゼロッテに連れられて、王城に入った。


「ここは？」

応接室にしては煌《きら》びやかな装飾の施された扉の前に、案内された。

「話の前に紹介しておきたい人がいてな」

「紹介したい人？」

協力者が増えたのだろうか。

「ああ、その人も君の力になりたいと言ってくれているんだ」

「誰？」

予測通り協力者らしい。増える分には嬉しいのだが、人が増えると情報が漏れる可能性が高くなるため、できるだけ少人数で動きたかった。

「会ってみれば分かるさ」

こちらの心配を他所《よそ》に、リーゼロッテは扉をノックする。

「リーゼです！」

リーゼロッテが相性の方で名乗ると、中から入るよう指示があった。

「失礼します」

恐る恐る中に入ると、待っていたのはあの日助けたお姫様だった。

「あなたがアシムなのですね」

パッチリとした目に整った顔。一瞬見惚れてしまったが、すぐに王族の御前ということを思い出す。

「はっ！　私はサルバトーレ家嫡男！　アシム・サルバトーレと申します」

片膝をつき、臣下の礼をすぐにとる。シャルル姫はビックリしてポカンとしていた。

「ははは！」

リーゼロッテの笑い声が聞こえる。

「シャルル様、こういうことです」

「なるほど、リーゼの言うことは本当だったのですね」

どういうことなのか気になるが、許可があるまで喋《しゃべ》れない。

「アシム！　面を上げて」

やさしく言われ、言う通りに顔を上げる。

「ここは非公式の場よ。もっと言うならば私が気楽に皆に接してもらえる唯一の場所なの」

お姫様は外に出ると、国民の視線を気にしなければならない。そういった対応は疲れるのだろう、できるだけ楽に接してもらいたいという意思が伝わってきた。

「分かりました」

「いいえ、分かっていないわ！　リーゼには敬語を使わないのに、なぜ私には敬語なの？」

「敬語を外すような関係ではないと思いますので」

シャルル姫がまたもやポカンとした。

「アシム、それはさすがに傷つくと思うぞ」

リーゼロッテが注意する。確かに突き放すような言い方になってしまったかもしれない。だがアシムとしても察してほしい。一国の姫の前で緊張しているのだ。

「し、失礼しました！」

敬語を使うと、シャルル姫の顔が少し曇る。

「け、敬語は禁止よ！　少なくともこの部屋では」

ショックを受けて声が少し震えているが、どうにか気丈に振舞っているようだ。

シャルル姫と眼が合う。

「ぷっ、ははは！」

「あははははは！」

シャルル姫と同時に笑う。

「分かりま……、分かったよ。敬語はこの部屋ではやめる」

「ありがとう、助かるわ」

途中からからかっていたのだが、姫の前で緊張していたのは嘘ではない。さらに綺麗な容姿ともなれば無理もないだろう。

「うんうん、仲良くなれたようでよかった」

リーゼロッテが頷《うなず》く。紹介した身になれば当然だろう。ここで仲違いをしてしまって一番困るのはリーゼロッテだ。

「アシム、本当にありがとう！　あの日助けられてから、お礼を言えずにいてずっと心に引っかかっていたの」

「はい、そのお礼は確かに受け取りました」

「ふふ、ありがとう！」

「アシム、ありがとう」

リーゼロッテとシャルル姫から礼を言われた。この国の国民として、これほど栄誉なこともなかなかないだろう。

「それでアシム、リーゼと約束したんですって？」

「ええ、僕が困った時に助けてもらうと」

助けた時の約束を聞いているようなので説明はせず、肯定だけしておく。

「それが今日なの？」

「今日というか、いつになるかは分からないけど、近日中に困ったことになりそうで」

「そう。その約束、私も手伝うわ」

願ってもない申し出だった。この国の姫が関わってくれるなら、一貴族のデュラム家など簡単に凌駕《りょうが》できる。

「内容聞かないで了承して大丈夫？」

念のため確認を入れておく。

「ええ、リーゼからある程度は聞いてるわ」

「分かった。ぜひ手伝ってもらいたいから今から詳細を話すよ」

ある程度聞いているということなので、細かい内容を2人に説明することにした。

心強い味方も加わり、確かな手ごたえを感じた。


「なるほど、私に後ろ盾になってほしいということなのね」

「そう。でも、あくまでこちらは正当な手順を踏むだけなんだ」

「相手が素直に応じるか分からないと……」

デュラム家への借金の件や、それに対する自分の見解をリーゼロッテとシャルル姫に語り、問題が起きた時に対処できるよう後ろ盾になってもらいたい、と説明した。

「子供のやることだもの、いくらでももみ消せると思う」

「そんな！　アシムはちゃんと借金を返すのだろ？」

リーゼロッテは貴族がそんなことをするのが信じられないようだ。

「デュラム家はサルバトーレ家に金貨１０００枚以上の価値があると、考えていると思う」

隣国と争いが起これば各地の貴族が兵を出す。反乱を起こせないように出兵数が絞られるため、兵の質がものを言うのだ。

兵を持っているとはいえ、王国軍の数が多いため貴族の私兵団はなかなか大きな戦いには参加しないのだが。

その中で目立った功績をあげたサルバトーレ家は、それこそ国宝レベルの価値があるのだ。それを上手くかすめ取ったデュラム家が易々《やすやす》と手放すはずがない。借金がある限り例え王がほしがったとしても簡単には解放されない。

「君がサルバトーレ家というのもビックリしたが、まさかデュラム家に嵌められていたとはな」

「ええ、国としては統治に失敗したサルバトーレ家を贔屓《ひいき》するわけにはいかなかったのです」

シャルルが言い訳をするように呟く。国が肩入れできない状況を上手くデュラム家に掻《か》っ攫《さら》われたのだ。

例えデュラム家が手を出さずとも、他の貴族が領地への介入はしなければならないので、デュラム家でなければ助かっていたというわけではないのだ。

「ああ、国は武力だけでは成り立たない。政治の上手い貴族が権力を握るのも分かってる」

「アシムは本当に5歳児なのか?」

政治への理解力や状況判断など、アシム自身も5歳児のとれる行動ではないと理解しているが、今はそんなことに気を使っていい状況ではないことも又理解している。

「サルバトーレ家なので」

魔法の言葉『サルバトーレ家』の威光を使ってみる。

「サルバトーレ家がいれば、この国は安泰だな」

「お褒めにあずかり光栄です」

リーゼロッテと冗談を言い合う。実際、サルバトーレ家は優秀な人物が多いと認識されてきているのだ。

「割と本気で言っているのだぞ? 5歳で金貨1000枚を稼ぎ、政治にも明るく、戦いもピカイチときたら、それこそ国を背負ってもおかしくないぞ?」

リーゼロッテは冗談で流されるのが嫌だったのか、真剣な顔で褒めてくる。

「まずは自由になることから始めるよ」

「ああ。借金がある限り、私たちでも手が出せないからな。そこを解決できるなら協力しよう」

後ろ盾を確保し、勝利を確信する。王家の人間の後ろ盾以上に強力なものはないだろう。

「それじゃあ、そろそろ戻らないと遅くなるから行くね」

「ん？　泊まっていかないのか？　コーデイルまで1日はかかるだろ？」

「サルバトーレなので。じゃあ失礼！」

シャルルとリーゼロッテに挨拶をし、王城を出る。

門をくぐると空がオレンジ色に染まり、幾ばくもなく日が沈む時間帯になっていた。

「いざとなったらシャルル様が出てきてくれるのかな？　さすがに無理か」

一国のお姫様が直接出てこられるとは思えなかった。

使者を派遣する形になると思うが、それは仕方のないことだ。何も用事がないのに貴族の治める領地に足を運ぶと、何事かと騒ぎになるのだ。

「まぁ、お姫様がバックについてると知ったら。さすがにデュラム家も諦めるだろ」

暗くなる頃には到着できるように急いで、コーデイルに向かった。

◆◇◆◇◆

「シャルル様、どうでしたか？」

「分からないわ、聡明な子としか」

リーゼロッテはシャルル姫にアシムの印象を聞くが、やはり会ったばかりでは判断できないようだ。

「あとは実際に戦うところを見れば、ぜひ王家に迎え入れるべき人物だと確信できるでしょう」

リーゼロッテは、アシムを王家に迎え入れることをシャルル姫に進言する。勘になるが、アシムは既に王城にいる兵士や宰相と肩を並べられるほどの実力があるとリーゼロッテは見ている。少なくとも戦闘では騎士団長並みの『化け物クラス』と言ってもいいだろう。

「いまだに婚約者が決まらない私に気を使わなくてもいいのよ？　5歳も離れているじゃない」

王家に迎え入れるということは王族との結婚を意味する。シャルル姫の婚約状況に気を使ったと思われたのか、少し怒っているようだ。

しかしシャルル姫は現在10歳、アシムの倍生きている。婚約者が決まっていてもおかしくない年齢ではある。

「5歳差以上の夫婦はいっぱいいますよ？　それにあの整った顔、将来はいい男になるでしょう」

あながちシャルル姫の指摘も間違いではないので、アシムを推しておく。

「はぁ、とにかく！　恩を返すのが先決だわ！」

「そうですね」

確かに現在サルバトーレ家が置かれている状況をどうにかしなければ、未来の話などできない。

「だいたい、この前お父様が連れてきた男！　私より10歳も年上だったじゃない！」

「そうですね」

現在の有力貴族から選ぶとなると、どうしても年上になりがちだ。

文句を言っているシャルル姫をやさしい目で見つめながら、友人として幸せを願うリーゼロッテであった。

3章　デュラム家の反乱

とうとうこの日がやってきてしまった。

王都に明日学園入学のため向かう姉と、デュラム家との話し合いだ。

「本当いやらしい契約だな」

アシムは、デュラム家とサルバトーレ家で交わされた契約書を見ていた。

支払いは年に1回金貨200枚以上で、滞った場合100枚の上乗せという暴利にもほどがある契約。

サルバトーレ家がもし5年支払いができなかった場合、デュラム家へ代々仕える専属私兵になるという契約も含まれている。

本気でサルバトーレ家を吸収しにかかっていることが分かる。

「姉上、準備はできましたか？」

「ええ、大丈夫よ」

いろいろな意味の大丈夫が混ざっている返事だった。もしもの時は自分が婚約してしまえば収まると思っているのだろう。

デュラム家の狙いがエアリスであるならば、借金を盾に交渉してくることが予想できる。

そのことを分かっているエアリスは、自分との婚約であわよくば借金が返せるように交渉できればいいと思っているのだ。

デュラム家とサルバトーレ家はすぐ近くなので、歩いて向かう。

姉の覚悟を感じる。歩く姿がいつもよりぎこちなく、まるで今から処刑台へ向かうかのような雰囲気だった。

アシムの胸に、この姉の覚悟を知ったからには失敗は許されないという思いが、強まっていく。

「父上、大丈夫ですか?」

アダンの顔色も悪く心配になり、声をかけてみる。娘の一生がかかっているのだから父親にしっかりしてもらわなければ困る。

「すまないな……子供を守ってやれる親じゃなくて」

この状況を回避できなかった懺悔《ざんげ》なのだろう。このあとに起こることは、政治に疎い父親でも分かるようだ。

「父上、家族は支え合うものです。父が立ち上がれない時は、僕がこの家を支えましょう」

「アシム……」

人には得意不得意がある。父は戦闘に関しては一級品だが、それ以外は人並みなのだ。ならば、それ以外を補ってやればいいだけの話だ。

「だけど！　必ず立ち上がってください！　かっこいい父親でいてください」

「ありがとう、アシム」

アダンに頭を撫でられる。

父もまじめに働いてどうにかしようとしていたのは分かる。だが、それはデュラム家の掌の上でコントロールされている範疇を出なかったのだ。

（まぁ自分がマークされてなかったから、自由に動けたのは確かだしな）

デュラム家もまさか5歳児が、この状況をどうにかできるとは思っていなかっただろう。

屋敷に着いたので、家族と共に中へ入る。鍛錬の時に中庭に入ったりはしたが、中には滅多に入らないので内装をあらためて見る。さすがというべきか、扉一つとっても見事な装飾が施されており、貴族の裕福さを表わしていた。

「お待ちしておりました。　どうぞこちらへ」

執事が出てきて案内してくれる。デュラム家が待っている部屋へ到着する。

「中で既にお待ちになっておられます」

待ち遠しかったのか、格下に見ている家よりも早く部屋に入っている。

「おお、待っておりましたよ」

部屋の中に入ると、デュラム家の面々に迎えられた。

「ご機嫌いかがかな？　今日はお互いに有意義な話し合いにしよう」

デュラム家当主のガゴがぬけぬけとした言葉をかけてくる。

「おお！　こちらこそ、デュラム家にはお世話になりっぱなしで、何か力になれるなら喜ばしいことです」

ガゴが顔に笑顔を張り付け、アダンと握手をする。息子のゴドーとダリア夫人も気持ち悪い笑顔をしている。

下心が見えすぎているが、美味しい餌が目の前にフラフラと現れたのだ、仕方ないとも言える。サルバトーレ家は完全に舐められていた。まぁそれも、父親が交渉事が苦手なせいなのだが。

「それでは早速本題に入ろうか」

交渉の前にご機嫌取りもないらしい。もちろんアシムとしては、どうあれこの交渉をひっくり返す気満々なのだが。

両家が椅子に座り、話し合いを始める。

「まず、明日学園に向かう前に、エアリスに入学おめでとうと言わせてくれ」

「ありがとうございます」

祝いの言葉から入って場を和ませようという気遣いは、多少してくれるらしい。

「本当にめでたいんだが、我がデュラム家は貴族だ。息子のゴドーがいまだに婚約者をもらっていないというのは外聞が悪い」

さらに年上のお姫様も、空いているのだが。

「そこでだ！　以前約束した婚約を待つという話を早めてはくれないか？」

「それは約束が……」

アダンの否定の言葉に被せてくる。

「分かっている。しかし我々の立場も考えてくれ。そこを配慮してくれるような支援を君たちにしてきたつもりはあるのだよ」

完全に優位な立場を利用している。さらに相手の言葉を遮るという失礼なことも許されるというアピールも入っている。

「借金ですか……」

「我々も領地を治める身なのだよ」

直接的に借金をちらつかせてきた。

「その借金をすぐ返せるなら、さすがに私もこんなことは言わないさ。これは両家のためでもある。身内になったならある程度の酌量《しゃくりょう》もできるというものだ」

借金を少しでも楽にしたいなら、娘をよこせという脅しだ。婚約者を欲していて、いまだ決まらないということは人気のない貴族と世間にも伝わる。デュラム家としてはそれを避けるという狙いもあるらしい。

「それは……」

「返せるのかね？」

ここぞとばかりに畳みかけてくる。

「支払いが今年も無理そうじゃないか」

そう、デュラム家のじわじわとした縛りで、父の働きでは既に返せないのだ。

「エアリス」

アダンが娘に申し訳なさそうに、話しかける。やはり父では交渉は無理だった。

「分かりました」

――覚悟を決めたエアリスが頷く。

父がもしかしたら何か対策を練っているかもしれないと様子を見ていたが、これが限界だろう。

「返せますよ」

アシムが投下した言葉により、その場の空気が凍りつくのを感じる。

「え?」

エアリスが驚いた声を上げる。そのあとすぐ無理なことを言って自分の身を危険に晒《さら》しているのだと思ったのかもしれない、目でやめてと訴えかけてきた。

「一度は支払いがあったが、2年支払っていないから借金は金貨1000枚だぞ?」

5歳児に払えるわけがないと思っている声音である。ただの戯言《ざれごと》だと思っているようだ。

「子供の戯言に付き合っている暇はない」

そう言ってさっさと交渉を済ませようとしてくるが、今度はこちらがガゴ・デュラムの言葉を遮るように人を呼ぶためのベルを鳴らす。

「ん? 誰か呼んだのか?」

ガゴが不機嫌な顔をする。すると扉が開き、フェルツが入ってきた。

「ほら、金貨1000枚だ」

ドサッと重たそうな袋を複数、背中からおろした。

「軽量化の魔法かけても滅茶苦茶重かったぜ!」

「な、なんだと!」

床に散った大量の金貨を目にして、デュラム家の驚愕した顔が拝めた。

「お返ししますよ！」

今度はこちらが笑う番だった。

◆◇◆◇◆

「金貨1000枚です。どうぞ」

「な、何！」

「う、嘘だ！」

「っ……」

ガゴ、ゴドー、ダリアと、デュラム家一同が驚愕の色に染まっている。

「アシム、これは……」

「アシム！」

「お兄様……」

アダン、エアリス、アイリスも同じようにビックリしている。

まぁ、エアリスは押さえている目元から涙が出ていたが。

「お兄様！　すごいです！」

最初に我に返ったのは、どうやら一番幼いアイリスのようだ。この場を理解しているようなしていないような感じだが、なんとなくは分かっているのだろう。

「ガゴ・デュラム様？　どうかしましたか？」

ガゴの様子がなんだかおかしいことに気付く。

「アシム君」

「なんでしょう？」

「子供がこんな大金を稼げるのかね？」

「目の前にあるのが答えですよ」

事実を目の前に広げて見せたのだ、これ以上言いがかりをつけるのはやめてほしい。

「いやいや、何かやましいことでもしたんじゃないかね？」

無理やりにでも因縁をつけたいのだろう。こちらの動きを完全に把握できていないだろうから、何も言えないはずなのだが。

「していませんよ、そこにいるハンターのフェルツと一緒に稼いだだけですよ」

「ハンターがこんなに稼げるわけがないだろう！」

声に怒気がこもってきた。不穏な空気が流れる。

「僕はサルバトーレ家なので、戦闘は得意なんですよ」

「だ、だが、一介のハンターの言葉が信用に足るとは思えんね」

何を言っても信用がないと返してきそうだ。

「何が言いたいんです？」

ガゴがこのまま素直に受け取らないというのだけは分かる。

「この金は不正なお金の可能性がある。調査をするのでデュラム家が預かる。それまでこの金は凍結だ」

なんと無茶苦茶な暴論だ。お金の流れはちゃんと帳簿をつける政治資金でもない限り、追えるはずがない。

つまり、一生調査が終わらないのだ。

「それは承服できかねますね」

「貴様の許しなぞいらん」

フェルツやアダンが苦い顔をしている。このままもみ消されると思っているのだろう。

「別に僕が承服できないということではないんですよ？」

「何？　ここに私以上の権限を持つ者などいないように見えるが？」

ガゴはこの領地の主だ、この地で一番偉い。

「来たようです」

アシムは先ほど建物に入ってきた気配が近くに来たのを感じ取り、扉を開きに行った。

「どうぞ、シャルル様に副騎士団長リーゼロッテ様」

「なっ！」

ガゴが驚いたような声を上げたが、すぐに収める。

「アシム、状況説明を」

「ハッ！」

シャルル姫が説明を促す。

「シャルル様！　今はこの！」

「発言を許した覚えはないわよ？　それに頭が高いように思うのだけれど」

立場を分からせ、不要な発言を封じているようだ。確かに横からガミガミ言われて変な方向に話が向かったら面倒だ。

「し、失礼しました！」

その場にいる自分とリーゼロッテ以外が膝まずく。

「それでは説明させていただきます」

ガゴが、金貨が不正に手に入れたものではないかと疑っていることと、エアリスとの婚姻話をしていたことを説明する。

「分かりました！　まずエアリス、婚約は受けるのですか？」

エアリスに聞く時点で、どちらの肩を持つために来たのかハッキリしている。

「受け……たくありません」

「分かりました！　ではデュラム家に言い分はありますか？」

「いえ、何もございません」

さすがに世間体が悪いため、ここで借金を利用しますとは言えるはずもない。

「では、ガゴ・デュラム！」

「は！」

「アシムのお金を不正だと断定する方法を提示しなさい」

「それは……」

「このお金は、アシムがハンターとしてしっかり稼いだものです！　アシムは以前魔物を狩っている時に、襲われている私を助けてくれました！」

これでデュラム家に完全に勝ち目がなくなった。王家を助けた実績のある者を責められるはずがないし、この言葉でシャルル姫がサルバトーレ家の方に肩入れしているのが伝わった。

「ぐぬぬ！　仕方ない！」

しかし、デュラム家にも引き下がれない理由があるらしい。ガゴはおもむろに魔法書を取り出し、呪文を唱えた。

「何を？」

「下がって！」

危険を感じ、アシムがみんなの前に出る。ガゴの表情からして敵意を感じるので、こちらを攻撃するつもりなのだろう。

「死人に口なしとはよく言うではないですか？」

「ガゴ・デュラム！　何をしているのですか！」

「そう、これは不慮の事故なのですよ！」

ガゴ・デュラムが不気味な笑顔で周りの人間を見渡した。

「その魔法書は？」

アシムはガゴの手にある本を指し聞く。何か特別なものだとは思うが、それが何かは分からない。

「ハハハ！　武力でサルバトーレ家に反抗されては敵いませんからな」

ガゴは、武力でもサルバトーレ家を抑える準備をしていたらしい。

「ガゴ・デュラム！　王族に対しての蛮行！　国家反逆罪だぞ！」

リーゼロッテがガゴを怒鳴りつける。国家反逆罪は一家極刑になる大罪だ。

「ええ、分かっていますとも。つまりそういうことなのですよ！」

「本当に反逆するつもりか！」

リーゼロッテは信じられないという表情のあと、罪人を裁く冷たい表情になる。

「時期尚早ではありますが、まぁよいでしょう」

ガゴは本当に反逆を企てていたらしい。サルバトーレ家の取り込みや、この魔法書も、戦力強化のためらしい。

「この魔法書は禁書と言われる類《たぐい》のものでね」

『禁書』とは、人類に甚大な被害をもたらすものや、死者蘇生など、神の所業を模倣したもののことである。

「禁書だと？」

「実際に見てみるのが、一番理解できるだろうさ」

そう言うと、ガゴの周りに黒い煙が集まり、そして四方に飛び散った。

「な、なんだ」

飛び散った際に煙に当たった人たちが膝をつく。

「これが、禁書の力か！」

リーゼロッテが苦しそうに言葉を発する。

「ハハハ！　そんなわけないでしょう！　今のは黒く可視化されるほど、濃い魔力の塊ということですよ」

あの煙は指向性のないただの魔力だったようだ。しかし常日頃から使っているような魔力とは明らかに違う。普通の魔力は少なくとも人に害が出るようなものではないのだ。

「黒い魔力？」

「おや、聞いたことありませんか？　昔話などでよく聞くと思うのですが」

「神聖魔法か？」

確かにアシムが使っている神聖魔法も黒い魔力だ。すると、こちらと同じような効力なのだろうか。

「ええ、そうです！　これは神聖魔法を模した禁書なのですよ」

「なんだと……」

膝を地面につきながら、リーゼロッテが愕然としている。

「ハハハ！　この魔法の真骨頂をお見せしましょう！」

ガゴがそう言うと同時に、部屋の窓や扉が大きな音を立て一斉に開いた。

「これが私の求めた無敵の軍団！　ガーゴイルですよ！」

開いた窓や扉から、昔話に出てくる悪魔の形をした生き物たちが入ってきた。

どうやらアシムが使っている神聖魔法とは別の効果のようだ。何か魔物の集団を召喚《しょうかん》している。

「リーゼロッテ！　立てるか！」

「くっ」

返事をするのも苦しそうだ、先ほどの会話は無理をしていたのだろう。

「父上、姉上、アイリス！」

「大丈夫だ！」

「行けるわ！」

「はい！」

サルバトーレ家の面々は、ちゃんと黒い煙を避けていたようだ。

「アイリスは、倒れている人たちを集めて守ってくれ！」

「はい！」

アイリスは魔法を駆使して倒れている人たちを集め、結界を構築する。

「アシム、いけるか？」

アダンが声をかけてきた。

「ええ、たぶん僕なら対処できると思います」

「ああ頼むぞ、俺たちはあの黒い魔力に触れられないからな」

ガーゴイルたちは黒い魔力を纏っており、危険な雰囲気を出していた。それを見て、似たような神聖魔法を使える自分に聞いてきたのだろう。

「行くぞ！」

ガゴの合図と共に、ガーゴイルたちが一斉に襲いかかってくる。

「くっ！」

アダンとエアリスは剣でガーゴイルたちを捌《さば》く。

「強くはないみたいだな！」

アダン、アシム、エアリスが屋敷内を縦横無尽に暴れまわる。

「ククク！　ここからが神聖魔法の見せどころですよ？」

倒されたガーゴイルたちが再び起き上がり再生していた。

「何？」

「サルバトーレ家の剣術や魔法は、本当に目を見張るものがあるのでね！　その対抗策としての不死の軍勢ですよ！」

「体力勝負ということか」

サルバトーレ家の戦闘力を、永遠の攻撃で封じようとしている。

「父上、姉上！　時間稼ぎをお願いします！」

勝算があるとすれば、自分の神聖魔法だろう。そのため、アシムは2人には時間稼ぎをお願いする。

「ハハハ！　不死の存在に時間を稼いでも、意味はないぞ！」

「アシム、任せたぞ！」

アダンはアシムの能力を分かっているので、最大限のサポート《時間稼ぎ》をする。

「これでも死なないかな？」

黒い炎がガーゴイルたちにヒットする。ガーゴイルは奇妙な鳴き声と共にあっさり消滅した。

「ハハハ！　燃やし尽くしても意味はないぞ！」

ガゴはまた復活すると思い、高笑いをする。

「意味あるみたいだぞ？」

消滅したガーゴイルが復活していない。

「な、何？」

「神聖魔法を使えるのは、お前だけじゃなかったみたいだな」

「アシムのは模倣じゃないけどな！」

余裕が出たのか、アダンが会話に入ってくる。

こうやって話している間も、アシムはガーゴイルに向かって炎を飛ばしていた。

「本物の神聖魔法だと……確かに黒い炎だ」

最初は気付かなかったらしいが、ガゴも黒い炎を認識できたようだ。その黒い炎でガーゴイルをすっかり倒しつくす。

黒い魔力に侵されてしまっている皆のもとへ行く。

「大丈夫か？」

リーゼロッテに声をかけるが、苦しそうだ。

「リーゼロッテ！　僕を信じて」

「お兄様……」

隣でアイリスが呟く。

「アイリス！　今はガゴを見張っておいてくれないか？　僕は皆を治してみる」

「はい」

アダンとエアリスがガゴと対峙しているが、魔法書の魔力のせいで近づけないでいる。

リーゼロッテのおでこに手を当ててみる。

「直接触ると分かりやすいな」

リーゼロッテの中に『魂』の存在を感じる。その周りに黒い靄《もや》がかかっていた。

「これを」

リーゼロッテの中に感じたそれを、黒い炎で焼くイメージをする。

「うぅ」

その黒い炎のエネルギーを、損傷してしまった魂の補強に使う。

「魂を燃やすだけじゃなくて、治すこともできるのか」

燃やす以外にもできることが増えたのを実感する。

「ん？」

「リーゼロッテ！　気分はどうだ？」

「あ、ああ、姫様は？」

自分のことよりもシャルル姫の方が気になるようだ。

「今から治すさ」

「は、早く！」

力が入らないのか、倒れたまま手を伸ばす。

「分かった」

同じ方法で他の人を治していく。治したばかりでは動けないようだが、時期によくなることを願うしかない。

「ありえん！　ありえんぞ！　もはやこうするしかないのか」

全員の治療が終わった頃、ガゴが覚悟を決めた顔でこちらを睨《にら》む。

「あなた！　ダメよ！」

ダリア夫人が叫ぶ。ちなみにデュラム家も黒い靄にやられていたので、アシムが回復させた。

反逆をした貴族だ、あとでしっかり裁いてやらなければならない。

「父上、姉上、下がって！」

危険を感じたので2人を下がらせる。

「フハハハ！」

ガゴは笑い声と共に、黒い靄に包まれる。

「くそっ！」

ガゴの行動を阻害しようと黒炎を飛ばし、攻撃する。爆発が起き、視界が煙で覆われる。

「父上！　みんなを連れて逃げてください！」

「分かった」

父に任せ、全員を避難させる。煙が晴れ、大きな影が現れた。

「フハハハハ！　これこそが神をも倒す力！　悪魔降ろしよ！」

姿形が異形のものに変わり、さっきまで『ガゴ』だった怪物が立っていた。

「所詮偽物だけどな」

「あれと一緒にするな！　今、私は禁書の全ての力を注ぎ込んでいるんだぞ！」

「おいおい、さっきのガーゴイル見なかったのか？」

チートじみた回復力を持っているらしい。正真正銘の化け物退治となりそうだ。

「ハハハ！　いくら名剣で切っても私は無限に回復するぞ？」

「なかなか名剣じゃないか」

壁に掛けてあった剣が床に散らばっている。それを拾い身体の前に構える。

「負ける気はしないけどな！」

「貴様の黒い炎、まさか本物だとはな！　しかし、神を殺せる私は倒せんよ」

確かに着弾したはずだが、炎に包まれている様子はない。

「それに黒い炎が効かない？」

で、この場にいるのは異形の形をした『ガゴ』と小さな子供のアシムのみだ。

エアリス、アダン、アイリスの素早い行動によりみんなを避難させることに成功していたの

「どうした、ガキしか残っていないのか」

「悪魔降ろし、だと？」

挑発の意味を込めて、掌に神聖魔法を灯して消してみせた。

「生意気な口を叩くではないか！」

ガゴが飛んで襲ってきた。

「危ないな！」

勢いはあったが、普通に避けられた。しかし、威力はなかなかのもので壁をぶち抜いて大きな穴を空けていた。すると壁の向こうから、また飛び出してくる。

「危ないって、こんな狭いところで暴れ回ったら！」

今度は避けずに剣の腹で受け流すように当てる。

「ガァ！」

ガゴが変な声を出して、窓を突き破っていった。

「逃がさないよ！」

意図的に外に出したのだが、そのまま逃げられるかもと今更ながら後悔する。

「はぁはぁはぁ」

ガゴが苦しそうに剣を当てられた肩を押さえている。

「やっぱ効いてるじゃん」

「なぜだ！」

ガゴの肩は溶けているように見えた。息もきれぎれで、明らかに苦しそうだ。

「魔力を多く込めただけだよ！」

剣を見てみると黒い魔力が覆っていた。風魔法を維持するのと同じ方法で、神聖魔法を剣に纏わせてみたのだ。

「試してみたけど、この魔力、炎以外にも使えるみたいだし剣も大丈夫だな」

「クソッ！　禁書を使った私の方が劣ると言うのか！」

「そりゃ偽物だし」

ガゴの肩が徐々に回復しているのを見て、斬りかかる。ここで簡単に回復させるのはもったいない。

「へぇ、それでも回復するって相当強いんじゃない？」

「舐めるなぁ！」

完全な上から目線の言葉に、ガゴが激怒する。

「魂を焼いているから、回復するなら魂から回復しないといけないんだけど！」

「死ねぇ！」

先ほどみんなを回復させたので、魂の回復の大変さはよく分かる。相当魔力を消費しているはずだ。

「クソッ！　なぜだ！　なぜ貴様の方が強い！」

何度も拳をぶつけてくるが、アシムはそれをことごとく剣で受け流す。黒い魔力を纏った剣にガゴの魂が削られる。

「はぁはぁはぁ」

ガゴが距離を取り、息を整えている。顔からも汗が流れており相当苦しそうだ。

「そろそろ決着をつけようか！」

アシムが姿勢を低くして、必殺の構えに入る。

ガゴの表情はアシムには暗くてよく見えないが覚悟を決めたのだろう、あちらも構える。

「ふっ！」

互いの呼吸が合った瞬間、飛び出す。剣が当たると思った時、ガゴが全く別の方向に回避をして走り出した。

「なっ！」

上手く躱《かわ》されたが、なんとか腕は斬り裂いた。赤い鮮血が走るが、ガゴは意に介していないようだ。

「逃がすかよ！」

本気で逃走を始めたガゴを、必死に追いかける。

「あれは！」

ガゴが走る先に、1人の影が見える。それは、ここにいてほしくない人物だった。

「お兄様！」

向こうも気付いたのだろう、アシムを呼ぶ。

「アイリス！」

父親たちとはぐれたのか、アイリス1人でこちらに向かってきていた。

「お兄様！」

アイリスがようやくガゴに気付き、魔法を放つ。しかし、慌てて撃った魔法は威力が弱く、ガゴは気にせず突っ込んでくる。

「ギリギリか！」

魔法を無詠唱で撃ったとしても、ガゴの再生能力でごり押しされれば止めようがない。

アシムはどうにか物理的に止めようと必死に追いかける。

「アイリス！　身を守れ！」

アイリスは土魔法で必死に壁を作る。

「無駄無駄！」

ガゴはものともせず壁を破壊する。しかし――。

「クソッ！」

ガゴはアイリスを見失った。防御として使ったのではなく、目隠しとして壁を作ったのだ。

「見つけたぞ！」

だが、数秒稼げただけで隠れるのには限界があった。

「いやぁ！」

ガゴがアイリスに手を伸ばす。

「クソ！」

ギリギリ間に合うかどうかのタイミングだ。すると白い光がアイリスを包んだ。

「そうはさせませんわよ！」

暗闇から出てきたのは、シャルル姫だった。

「シャルル様！」

シャルル姫が以前オークの群れから身を守っていた時に使っていたのと同じ魔法で、ガゴの攻撃を防ぐ。

「クッ！」

アシムがガゴに追いつき、後ろから首を刎《は》ね、正面から心臓の位置を突き刺す。声を上げることなくその巨体が地面に沈む。

「念のため燃やすか」

魂を破壊した感覚はあったが、不測の事態が起きても怖いので黒い炎で燃やす。

「アイリス！　シャルル様！　大丈夫ですか？」

2人に近づき、安否を確認する。

「大丈夫ですわ」

「お兄様！」

ふわりと髪を揺らしながら、アイリスが抱き付いてきた。

「アイリス、どうして戻ってきたんだ？」

「怖かったの」

上目遣いでこちらを見上げながら、瞳を少し濡らしていた。

「ここの方が危険で怖いぞ？」

「お兄様の側が一番安心」

抱き付きながら頭をすりすりしてくる。

「アイリス！」

アイリスを探していたであろう面々が合流する。

「心配したんだぞ！」

アダンが心配そうな顔でアイリスを叱る。

「あいつはどうなったんだ？」

リーゼロッテが聞いてきた。その瞳にはちゃんと倒せたのかという心配と、倒していてほしいという希望の色が混ざっていた。

「ああ、倒して燃やした」

「死体は残っていないのか？」

「ああ、必要だったか？」

「必要と言えば必要だな。証拠になるし、何より禁書を使った身体だ、研究の価値はある」

「あ、すみません」

結構悪いことをしてしまったようだ。確かに死体があれば、いろいろと情報が得られたかもしれない。

「いや、いいんだ、そんなことは。まずみんなが助かることが第一だからな」

「ありがとうございます」

「敬語になってるぞ」

半日で睨まれてしまった。どうやら皆の前だからといって、敬語をやめられるのは嫌らしい。

「すみません！」

無言で睨まれる。

「ごめん？」

「まぁいい。話は王都で聞くから後始末をしよう」

◆◇◆◇◆

デュラム家の屋敷を調べたら、反逆の計画をやり取りしている文書が見つかったようだ。

どこの国かは分からなかったが、国内で反乱を起こし敵国を引き込む作戦だったらしい。

ガゴの動機は分からないままだったが、おそらく領地経営が上手くいかず、サルバトーレ家を完全に手中に収め、反乱を成功させて敵国に好待遇を約束させていたと思われる。

余計な欲をかかず、ちゃんと統治していれば損をするような土地ではないのだが、相当金の使い方が荒かったのだろう。

「姉上、僕もあとから向かいます」

「一緒に行けないのが残念だわ」

サルバトーレ家はこれを機に王都へ引っ越す計画をしていた。父は騎士団への入団を希望するようで、王都で就職活動中である。

「エアリス、またすぐ会えるが気を付けるんだぞ！」

アダンは娘が心配なようだ。抱きしめようと両手を広げるがその手を掴まれ、結局両手で握手する形となってしまった。既に父親離れが始まっているのかもしれない。

「1日の旅なのですが……。はい、分かりました」

父親の心配ももっともではある。8歳の娘が護衛を雇っているとはいえ、旅をするのだ。

「フェルッ！　姉上を頼むぞ」

「任せときな、これでも信頼と実績が売りなものでね！」

護衛はフェルッが選んだハンターに頼んである。意外と顔が広いベテランのようだ。

「アイリスもまたね」

家族の別れが済み、エアリスが出発する。

「よし！　急いで準備するぞ！」

サルバトーレ家は意外とこの土地でも頼られていた。父親は仕事の引継ぎなどを急いで終わらせるようだ。

「よし！　アイリス！　僕たちは家を片付けるぞ！」

4歳になる子供を6歳になる子供が引き連れて、引っ越しの準備に向かう。

「待って、お兄様！」

引っ越しや王都での役目が待っており忙しくなるが、これでようやく自由になるという目的を達成できた。

これからは自由に生きられるという事実と、家族を守れた嬉しさで、6歳児の少年は笑顔を浮かべて誇らしげに歩きだした。

4章　王都の闇

「いやぁー！　2度目だけど、やっぱ王都は賑やかだな！」

　一度目は目的を早々に終わらせるために、ろくに王都を見て回る暇がなかった。自分の人生がかかっていたので、仕方ないとはいえ名残惜しさはあった。

「アシム！　眺めてないで荷物を下ろせ！」

「はーい」

　サルバトーレ家は王都への引っ越し作業をしていた。

「大きいお家です！」

　アイリスが前の家より大きいことにビックリしていた。今回は事前の蓄えがあるうえに、国からの褒賞が期待できるため結構頑張ったのだ。

「すごいだろ！」

　今の一家の大黒柱は残念ながらアシムだ。といってもアダンの稼ぎが悪いわけではない。時の運に恵まれ、大量の魔物を狩ることができたのがよかったのだ。

「ほら、さっさとする」

まぁ父親なら、騎士団でどんどん昇進するだろう。水を得た魚というやつだ。

新しい家に新しい土地。アシムは気分が高揚してくるのを感じる。

「アイリス！　荷ほどき終わったら庭で遊ぼう！」

「やったー！」

魔法を駆使してチャチャッと片付ける。

アシムは、自分の妹ながらアイリスの魔法のコントロールはピカイチだと思う。確実に自分より上だ。威力はまだ自分の方が上だが将来どうなるか分からない。

「アイリス！　行くぞ！」

片付けが終わり、庭に出て早速遊ぶ。

「出かけてくるから、家を出るなよ！」

「はーい」

父親は早速騎士団の元へ行ってみるそうだ。入団テストなどの時期を確認しないといけないらしい。

庭に出て、アイリスとサルバトーレ家方式で遊ぶ。

「お！　アイリス、今のフェイントいいぞ！」

「やー！」

かわいらしい掛け声と共に、高速の剣戟が飛んでくる。

「お！　ちょっとかすったな！」

「やったー！」

正直避けることもできたが、アイリスは当てるまでやめない負けん気があるので適度なところで当たってやる。

「よーし！　アイリスの勝ちだ！　あとで何か甘いもの食べさせてやるぞ！」

サルバトーレ家方式の遊びとは、軽い模擬戦のことを言う。

◆◇◆◇◆

今日は朝早くから、王城へ出向く予定だ。支度も済み、家を出る。

「ん？」

「どうした、アシム？」

「いえ、なんでもないです」

なぜか路地の方が気になったが、再度見ても何もなかった。

「人、いたよな？」

気配は感じたが、すぐいなくなってしまったようだ。

「行くぞ！」

アダンに呼ばれ、気にするのをやめた。王城に着き、控室に行く。

しばらくして王の前で証言をした。初めての国王に緊張したが、なんとか乗り切った。

役目が終わり帰ろうとしたが、執事に声をかけられた。

「それでは、控え室でお待ちください」

部屋に案内される。

「何かあったっけ？」

「褒賞式だよ」

証言で緊張していて、アシムは大事な褒賞を失念していた。

「あ！　今日そのままやるの？」

「ああ、また来ると二度手間になってしまうし、国王様も時間を取れる日は少ないからな」

「へぇ」

国王様がヒマだとは思わないが、かなりの激務らしい。

控え室で待っていると扉がノックされた。

「どうぞ」

「ようこそ王城へ！」

入ってきたのはリーゼロッテだった。いつもの騎士服に、やたら装飾の多い剣を腰から下げていた。

「リーゼロッテ！　久しぶり……ではないかな」

少し冗談を交える。

「ああ、つい先日会ったばかりだろう」

「なんでリーゼロッテがここに？」

家族とも挨拶が終わり、リーゼロッテになぜ来たのかと聞いてみた。

「君たちが来ていると聞いてね。私も一緒に褒賞を受け取るから迎えに来たのさ」

「そうなのか」

「それじゃあ行こうか！」

「ああ」

リーゼロッテの案内の下、謁見《えっけん》の間に向かう。

先ほどは王城に作られた法廷だったので、謁見の間は案内してもらわないと分からない。

「着いたぞ」

「うん」

先ほどの部屋よりも装飾の多い扉に、調度品などが飾られている。

アシムは国王様を見るのは2度目だが、だんだんと緊張してきた。

「そう堅くなるな」

「う、うん！」

「言っても無駄なようだな」

単調な答えになってしまい、リーゼロッテに笑われてしまった。中から呼ぶ声が聞こえ、扉が開く。そのまま進み片膝を付き、臣下の礼をとる。

「お主が今回の反逆を止めた、アシム・サルバトーレか」

先ほどの法廷での役目の時とは違い、初めて言葉を交わす。

「は！　若輩ながら、国のお役に立てたことを光栄に思います」

「うむ、余も若人が活躍してくれるのは嬉しいが……ちと若すぎないか？」

「今年で6歳になりました！」

「ほほほ！　愉快じゃ！　このような若者が育つとは、この国の未来も安泰じゃのう」

国王様に褒められ、内心ニヤニヤが止まらない。

「してお主、並びに今回の反逆を止めた者たちに褒賞を与える」

「は！」

「今回の働きにより、サルバトーレ家を男爵へ任命する！」

父親が息を呑む。一度貴族から落ちた者は、返り咲くことが相当難しい。国家反逆を未然に防ぐというのはそれほどのことなのだ。

「そして、今回最も貢献したアシム・サルバトーレ！」

「は！」

名前を呼ばれて返事をする。

「お主を准男爵に任命する！」

6歳にして貴族位をもらえるということに驚き、一瞬固まる。聞き間違えでなければ、サルバトーレ家とは別に貴族位をもらえるということだ。

「は！　ありがたき幸せ！」

国王からの褒賞は断れないのでこの瞬間、6歳児の中で一番偉くなった。

◆◇◆◇◆

「アイリス、今日はこのぐらいにして、午後は街に出ようか」

「やったー！」

貴族に任命されたあとも、アシムの生活は特に何も変わってはいない。

サルバトーレ家は男爵位を授かったがどこかの街の統治に関わったり、男爵以上の貴族の下で働いたりもしていない。

父は無事騎士団に入り、実力を示しているらしい。己自身は男爵家の嫡男という立場だが、准男爵という立場も持っている。

あえて変わったことといえば、貴族同士の挨拶をしっかり行うぐらいだ。准男爵はいわば名誉、もしくは貴族社会へ入る準備期間として見られている。

午後になり、アイリスと一緒に出掛ける。

「アイリス、何食べたい？」

アイリスに街で売っているお菓子やアクセサリーを買ってあげたりした。

しばらく楽しんで満足してもらえたようなので、帰るとなった時にふとスリをしている人を見つけてしまった。

「アイリス！　ちょっとお兄ちゃんは用事があるんだけど、1人でお家まで帰れる？」

「うん！　大丈夫！」

家も近いので、アイリスには先に帰ってもらうことにした。

スリをした人を追いかけるが、ふと気付く。

「あ、僕が返しに行ったらスリの犯人になっちゃうな」

先にスリをされた人のところへ行く。

「すみません！」

「ん？　どうしたんだい、ボク？　迷子かい？」

恰幅のいいおばさんだ。自分が何かを取られたことに気付いていないらしい。

「おばさん！　遠くからしか見てないからよく分からないけど、ポケットから何か取られてました
よ？」

「え！」

おばさんは慌ててポケットを調べる。

「本当だね！　どんな人か覚えているかい？」

困ったようにスリをした人物の情報を求めてきた。

「フードで顔は見えなかったけど、小さい子供みたいだった」

「困ったね、私は今からお店の番をしなきゃいけないんだよ」

そう言うと近くにあったお店を見る。赤屋根の板で作られた簡易な出店だった。

「あれ、おばさんのお店？」

「ああ、そうだよ。諦めるしかないかね」

腕を組み、顎に手を添えて落ち込んでいる。

「ボク、教えてくれてありがとね。見つけてもシラを切られるだろうし諦めるさね」

そう言って自分のお店の方に行ってしまった。

「そうは言ってもなぁ」

この際、諦めるしかなさそうだったが、気になるので追いかけてみることにした。逃げた路地に入り、気を張ってみる。

「ここかな？」

目視では完全に見失っているので、気配や勘が頼りだ。

「人の気配がないな」

路地裏に入ると人気が全くない。

「なら、気配のあるところまで探してみるか」

人気を感じないなら気配を感じるところまで行けば、先ほどの人物である可能性もある。

路地裏を3軒分進んだところで、『上』に気配を感じた。

「シッ！」

フードを被った人物が、突然上から降ってきた。

「わっ！」

手に刃物を持っていたので慌てて避ける。直前まで気配を感じなかったのは誤算だった。上への注意が足りていなかったようだ。

「俺のあとをつけていたようだが、覚悟はできているんだろうな？」

さっき見ていたのがバレていたようだ。完全に待ち伏せされていた。

「たまにいるんだよ、正義面《づら》した子供がな」

フードの『子供』はそう吐き捨てるように言うと、襲いかかってきた。

「お前も子供だろ！」

お出かけの格好なので護身用の短剣で対応する。少し心もとないが相手の得物と大差ないので、実力で勝っていれば大丈夫だろう。

「小さいのになかなかやるじゃないか！」

さっきからフードの子供は、自分の小ささを棚に上げている。子供の小さい身体を活かした素早い動きでこちらを仕留めようとしてくる。

「お前、本当に子供か？」

「こっちのセリフだ！」

武芸に通じているから分かるが、このフードの子供は明らかに強かった。予想以上の体捌きに少し面食らってしまった。

「お前！　いろいろ気にはなるけど、取りあえず取った財布は返してもらうぞ！」

素早く相手に近づいて短剣で武器を弾き、掌底を腹にお見舞いする。

「くっ！」

フードの子供は必死に回避行動をとり、なんとか直撃を免れた。見事な反応だったが威力が高かったため、ダメージはあったはずだ。

「ゴホッ！　なんだこの威力！」

「財布は返してもらったぞ？」

「なっ！」

攻撃のためだけに手を相手に当てたのではなく、ポケットにしまってある財布を見事抜き取っていた。

「僕もスリの才能があるかもね！」

挑発するようにおどけて見せる。ここで冷静さを失ってくれるなら、簡単に無力化できるからだ。

「くそっ！」

フードの子供はその挑発を聞かず、一目散に退散した。

「ありゃ？」

挑発に乗ってくると思ったけれど違ったようだ。戦い慣れしているというか、戦い方を熟知している。大人で戦闘経験がある人でも、煽り耐性のない者は結構簡単に引っかかってくれるのだが。

「まぁわざと逃がしたんだけどね！」

わざと逃亡を許した。簡単に無力化できるならそれもよし、逃げて住処などに案内してくれるもよしだ。

「追跡開始！」

バレないようにフードの子供を追いかける。戦ってみてかなりの手練《てだ》れだということが分かり、追跡もバレないように気を付ける。

路地を抜けるとスラム街に出た。

「王都でもやっぱ手が届かないところはあるんだな」

王都といえど、まだ開発の手が及んでいないところは街の中にいくつもあった。

「ここか」

相手が追跡に気付いておらずダミーの住処でなければ、根城にしているはずの建物に辿り着いた。

「人は……」

扉の横にピタリと付き、中の気配を探る。どうやら静かに行動しているようで、気配が掴みづらかった。

「複数人いるな……ここは一旦《いったん》様子見だな」

複数の人が出てきたことで、組織の可能性が出てきた。むやみに突っ込むことはせず、この建物を調べることにした。

「そろそろヤバいな」

アシムが建物を監視してからだいぶ時間が経った。

「父上が帰ってくる前に帰らないと」

そろそろ時間的に厳しくなってきた。観察をしているとこの建物に2人の大人が出入りし、先ほどの子供に加えて、さらに2人の子供が入っていった。

「これは……子供に犯罪をやらせている可能性があるな」

スリだけでは済まないかもしれない。

「そろそろ帰るか……」

ここで解決できない歯がゆさと残念な気持ちを呟きながら、建物の前を去ろうとする。

「おや？」

タイミングがよかったのか、最初追いかけた子供が出てきた。

「少しだけ」

子供のあとを追うことにした。するとその子供は辺りを警戒しながらも、軽い足取りで道を進んでいった。

ついて行くと路地から表の道へ出ていった。周りを一度見渡し、フードを取る。

中性的な顔立ちをしており、男か女か分からなかった。そのまま行くと、店の前で止まる。薬屋のようだ。

店から出てくると袋を持っていた。たぶん薬だろう。そこからしばらく歩くと一つの家に辿りついた。

「結構立派な家じゃないか！」

犯罪に手を染め、お金を稼がなければいけないような家には見えなかった。さすがに家の中を覗《のぞ》くとバレるので、今日はここまでにする。

「時間もヤバいしな」

財布を取られたおばさんの店へ寄って財布を返してから、忙いで家に戻った。

◆◇◆◇◆

「いないか……」

アシムは昼間なのに暗い建物に入ると、警戒を強める。窓の隙間から入るわずかな明かりを頼りに廊下を進む。

「そろそろ来るはず」

昨日の怪しい人物たちが出入りしている建物に侵入していた。あの少年を追った結果、怪しい大人たちを発見し放っておけなくなった。

「屋根裏ならバレないはず」

ホコリを我慢するために、口元に布を巻いていた。しばらく潜んでいると、下の階から音が聞こえてきた。

（来たな……）

足音が2階へ上がってくる。自分が隠れている部屋とは違う部屋へ入ったので、それを見計らって移動を開始する。

（ここか）

明かりのついた部屋の天井裏に到着する。部屋を覗くと、昨日の子供がいた。何もせず椅子に座り、時間を潰しているようだった。

すると、さらに人がドアから入ってくる音がした。その人物はこの部屋へとやってきた。

「成果はどうだ？」

子供は無言のまま、盗んできたであろう金品を机の上に出す。お金がほとんどだが、中には高級そうな装飾品もあり、貴族にも手を出しているようだった。

「おお！　今日は一段と捗《はかど》ってるじゃないか！」

子供は終始無言を貫いている。黒いフードを目深《まぶか》に被り表情が見えない。

「他の連中はまだか？」

男は気にした素振りもなく、子供の態度を流している。黒いフードの少年は、またも声を出さずコクリと頷くだけだった。

「まぁ、てめぇの稼ぎがほとんどだろうが、あいつらもちゃんと育てろよ？」

そう言うと男は椅子に座り、タバコを吸い始めた。窓を開けていない部屋だが、お互い気にした素振りはなかった。

「お！　来たか」

男がそう言うと同時に、部屋に昨日も見かけた子供が2人入ってきた。

「成果は？」

男は上機嫌に聞く。

「ちっ！　こんだけか！　お前らユーリに感謝しろよ？」

あの子供の名前はユーリというらしい。どうやら成果は芳《かんば》しくないようで、怒られないか怯えているように見える。

「今日は機嫌がいいからな！　ほら」

その稼ぎの中からいくらか渡される。クソみたいなシステムだ。自分たちが危険を冒して稼いできたお金の1割程度しかもらえないらしい。それで3人分のようだ。

「じゃあな！　奴らに絡まれたら助けてやるから呼べよ」

そう言って男は、部屋を出た。子供たちは何かに狙われているのか、そこから守ってもらう代わりに割に合わない仕事を請け負っているのだろう。自分たちの命と引き換えなら金品など安いものなのは理解できた。

「ふぅ。ユーリ、ありがとう」

「気にするな、こんなことできない方がいい」

ユーリという子供がこの部屋で初めて言葉を発したが、その声音は明るいものではなく覇気も感じられない。この状態がよくないことは本人たちが一番分かっているのだろう。

「そうだな……でも、できなきゃ殺されるだろ？」

「ちっ」

ユーリが初めて感情を表した。あの大人に好きで使われているようではないようだ。不満があるのを態度で示していた。

「ご、ごめん！　僕があんなことしなければ……」

気の弱そうな男の子が謝る。

会話を聞きたいのは山々だが、この子たちよりも裏で動いている大人が気になった。

（あっちを追うか）

外に出た大人の男を追いかけるため、屋根裏から窓を使い外に出る。

（いた！）

男は建物を出たばかりらしく、近くを歩いていた。案外あっさりと見つかって安心する。追跡できず、なんの情報も得られないという最悪の状況は避けられそうだ。

屋根にいると目立つので、一旦下に降りて追跡を開始した。

（案外普通の場所だな）

路地裏やスラム街を行くのかと思ったら、表の街並みに出た。そのまま追跡をすると、一軒の酒場に入っていった。

さすがに子供一人で酒場に入ると怪しまれるので、外の窓から覗く。

（あれは！）

昼間でまだ営業もしていない酒場のカウンターへ向かっている。店の人もおらず、滅茶苦茶怪しかった。

男はそのままカウンターの背後にある扉を開けて入っていった。

(いけるな)

見たところ人もいないようなので、酒場に入る。扉に耳を当て、向こう側の気配を探る。

(よし)

人がいないのを確認し、扉を開ける。

(ん?)

そこはお酒などのストックを置いておく場所らしく、倉庫になっていた。しかし、倉庫内に男の姿はなくアシム一人である。

(ん~? 確かに男が入っていったよな? 隠し扉か?)

この部屋にいないということは、この一つしかない扉で出るか、他の隠し扉しか考えられない。

(ん?)

酒場に人が入ってくる気配がした。慌てて気配を押し殺し、様子を窺う。

(仲間か?)

明らかに普通ではない行動をしている男の仲間か、この店の従業員しかいないだろう。こちらに近づいてきたので、急いで樽の裏に隠れる。

するとすぐに人が入ってきた。その人物はそのまま奥まで行き、壁を横にスライドさせた。

（やっぱ隠し扉か）

十中八九、良からぬ組織の隠れ家だろう。怪しさ満点の扉に、いかにもワルですよと自己主張の強い男のセットが何よりの証拠だ……。

（さすがにあそこに入るのは危険か？）

少し時間を使い考える。そもそも見知らぬスリをしている子供に興味を持っただけだ。最初はその子供を捕まえて説教する予定だったが、途中から事情が変わってしまった。

（深入りすべきか？）

子供を利用し、盗みをさせているかもしれない組織だ。放っておくと多くの子供が利用されるかもしれない。

（よし！　せめて決定的証拠を掴もう）

そうすれば自分一人で解決する必要はなく、騎士団の父親にも頼める。

指針を決めると、アシムの行動は早かった。隠し扉に近づき、横にスライドさせ開ける。

（地下か）

扉の向こうは地下への階段があり、一本道だった。薄暗い状況でもさすがに人がいるのは分かるのでリスクは高い。

（ここで人が来たらアウトだな）

遭遇しても負ける気はしないので大丈夫なのだが、極力面倒ごとは避けたい。下手したら殺し合いに発展するかもしれない。

（善は急げだな！）

とはいえ、バレないのが最優先なので階段を急いで降りることにした。

（待ってろよ！　悪党ども！）

自分が正義のヒーローになったかのような気分になり、意気揚々と階段を降りた。

幸い階段を降りる時に、人には出会わなかった。しかし降りた先に隠れるようなものはなく、見つかる危険性はまだ高かった。

（複数の人の気配だ！）

扉を見つけ、中から複数の気配を感じる。さすがに中を確認するわけにもいかないので、通路を進む。

するとすぐ隣に部屋があり、中から人の気配は感じなかった。

（ちょうどいい！　中に入ってみよう）

うまくいけば隣の部屋を覗けるかもしれない。部屋へ侵入する。中は倉庫なのか、箱がいくつか置かれていた。

壁に耳を当ててみる。

「薄いけど……」

声は聞こえるけれども、ハッキリとは聞こえない。

「確か、振動で音は聞こえるんだったな」

知識として知っていることを試してみる。確か耳の鼓膜という部分が空気の振動を捉え、音として聞こえているはずなのだ。

「お！　聞こえやすい！」

風魔法で壁から伝わってくる音を増幅してみた。中途半端な知識でも、意外とどうにかなるらしい。

魔法って偉大だ。

「そうか、ガキどもは順調か」

「ああ、ユーリが特に稼いでくるぜ」

いかにも悪といった会話内容が聞こえてくる。ユーリというスリをした子は、評価も上々なようだ。

「そうか。ユーリが優秀なら、こっちの仕事もさせてみるか」

「仲間にするんで？」

「もしかしたら、将来このファミリーの中心になるかもな！」

「ははは！　まさかモーリス一家に、ガキが入るとは思いませんでしたぜ！」

話しているのは男2人組のようだ。

ガキを仲間にする、ということはあのスリをしている子たちにさらに何かやらせる気なのだろう。

(最初はおばさんの財布を取り戻す目的だったんだけどな)

興味が湧いて調べ始めたら、それどころではなくなってきた。

(戻るかな)

本当はどんな組織なのか調べたいが、遅くなると人が集まる可能性があるので退散することにした。

部屋を出て、階段を上る。

隠し扉を抜け倉庫から出ようと扉に近づいた時、店に人が入ってくるのを感じた。

(ヤバ！)

お店の人でも組織の人間でもまずい。急いで樽を動かし、隙間を作って隠れる。そこに人が入ってくる。

(組織の人間か？)

お店の従業員なら隠し扉には行かないだろう。

「クソッ！」

機嫌が悪いのか、悪態をついた次の瞬間、男は樽を蹴飛ばし床に転がった。蓋が外れ、中の酒がこぼれる。

(あ、危ねぇー！)

蹴られた樽は運よく隠れている樽の隣だった。男は悪態をつきながら隠し扉に入っていった。

なんとかやり過ごして店を出る。

「ふぅー！　危なかった！　そろそろ人が集まる時間だったかもな」

時間的には夕方になる頃だ。

「もう一回戻ってみるかな」

最初の建物に戻ってみることにした。

◆◇◆◇◆

「いない」

あの子供たちが残っているかと思って戻ってみたが、既に誰もいなくなっていた。

「家行ってみるか」

ユーリという子の家は割れているので向かってみる。

「お！」

家に明かりが灯っていた。思ったよりもしっかりした家で、木造になっていた。

「ちょっと覗くだけ……」

少し罪悪感を持ちながらも、ユーリという子を知るために観察する。覗くために家に近づこうとしたら扉が開いた。

「じゃあ、行ってくるから！　夕飯は火を通して食べるのよ！」

慌てて建物の陰に隠れる。出てきたのは女の人だ。一緒に住んでいる家族だろう。

この人に興味が湧いたのであとをつけてみる。決して美人だからホイホイついて行ってるわけではない。

何軒か通り過ぎて繁華街に出た。女の人はその繁華街にある店に入っていった。夕日になりかけ岐路につく者や、煌びやかな服装に身を包む人ごみの中で立ち尽くす。

「ここって」

どうやら女の人は夜のお店で働いているようだった。繁華街のお店なのだが、その繁華街が問題だった。

「遊郭《ゆうかく》じゃねぇか！」

男の性か、ついつい声が大きくなってしまう。普通ならまだこういったことに興奮する年齢ではないのだが、アシムは特例だ。

「どうするか」

大人なら歩いていても大丈夫だが、子供は間違いなく追い出されるだろう。

「演技するか……」

悪戯を思いついた子供のようにニヤリと笑みを浮かべる。子供の悪戯で怒られる程度のリスクならば、試してみる価値もある。

「すいませーん！」

お店が繁華街の手前だったこともあり、誰かに注意される前に辿りつけた。

「はーい、まだ開店……ボク？　どうしたの？」

「お姉ちゃんに待っているように言われたんだけど、喉乾いちゃって！」

「お水がほしいの？　あ、そうだ！　お菓子もあるからお店の中でお姉ちゃん待ちな」

対応してくれた女の人は、腹や肩、胸元が大きく開いている露出度の高い服装だった。

知識があるぶん興奮するかと思ったが、先ほどと同じくらいのドキドキ感しか湧かなかった。

お姉さんが店の中に招いてくれる。待ち合わせ場所にいないと架空の姉が迎えに来た時困ると思うが、まぁそんな姉はいないので黙っておく。

「おい！　エリゼ！　この子の面倒みてやりな」

「あ、はい」

中には、先ほどあとを追っていたユーリのお姉さんがいた。子守をしてくれるようで都合がよかった。

「お茶とお菓子持ってくるから、待ってな」

そう言うと、最初に対応してくれたお姉さんは部屋を出ていった。

「君、名前はなんていうの？」

「アシム！」

元気に答えると、やさしく微笑んでくれた。どこかエアリス姉さんのような雰囲気を感じる。

「アシム君ね。私にも同じ年ぐらいの弟がいるのよ」

「へぇ〜、どんな子なの？」

白々しいと自分でも思うが、相手に伝わらなければ問題ない。

「あら、興味あるの？」

「お姉さんみたいな綺麗な顔してるの？」

「あら、お世辞が言えるのね、ふふ」

エリゼは柔らかく笑う。

「そうね、男の子だからあんまりそう言われたくないだろうけど、とってもかわいいのよ」

アシムの姉と同じで、弟大好き臭がしてきた。

「へぇ、名前は？」

「ユーリっていうの」

「へぇ」

弟のことを語る時はさらに一段とやさしいというか、姉バカ感がすごい。

「とっても足が速くてね、同年代の子には負けないのよ」

「僕も速いよ！」

「あら、それじゃあ今度競争しましょう」

「いいよ！」

本人のいないところで勝負の約束が交わされる。当然話の流れで言っているだけで、本当に勝負するとは思っていない。

「でもね、最近ユーリがいなくなるの」

「いなくなる？」

予測はつくが、今教えるわけにもいかない。

「そう。夕方には帰ってくるんだけどね、なんか外で働いているみたい」

「働いてるなら、いなくなるのも普通じゃない？」

弟の仕事を知ったら、どういった反応になるのか。やさしそうに見えるが、こういう人はたいてい怒ると怖いのでユーリが心配になる。

「でもね、仕事の内容は教えてくれないし、帰ってくる時間とかバラバラなの」

「突然家からいなくなるの？」

「そうなの。私が起きる前にいない時もあるし、いつの間にかいなくなってる時もあるの」

十中八九、スリの仕事だろう。精力的に行っているらしい。頻度が多いと捕まってしまいそうだが、それだけユーリが優秀なのだろう。一度手合わせした感じだと、そこら辺の兵士には負けないぐらいは強かった。

「遊びに行ってるとか？」

「ううん」

エリゼが首を振る。

「お金を持ってくるから、働いているとは思うの」

「そのお仕事が分からないのが不安なの？」

「あら、賢い子ね。そうなの、聞いても教えてくれないから、どうしようかと思ってるわ」

お姉さんはやはり心配らしい。自分も仕事で家にいない時間が多いから、知る機会がないのだろう。

「なら、僕が聞いてあげようか？」

「君が聞くの？」

親切心と打算を掛け合わせてみる。

「うん！　同い年だったら友達になれるし！」

「あら、それは素敵ね。ユーリは友達を家に連れてこないのよ」

もしかしてボッチと思われているんじゃないだろうか？　見た感じ暗そうな雰囲気を出していたから、実際友達は少なそうだし。

（お姉さん！　心配しないで！　少なくとも2人の悪友はいるから！）

「うん、今度遊ぼう！」

「そうね、遊びましょう！」

「お家に行っていい？」

「ええ、いいわよ」

「やったー！　じゃあお家教えて！」

既に知っているが、一応聞いておく。

「ちょっと待ってね」

紙を戸棚から取り出し、何かを紙に書き込んでいる。

「はい、これ」

それは、ここのお店からユーリの家までの道筋だった。こうしてスリ少年への切符を堂々と手に入れたのだった。

5章　探偵アシム

椅子に座っているだけなのだが、アシムは滅茶苦茶睨まれていた。

「そんな見つめるなよ！　照れる」

「照れるな！　なんでお前がいるんだよ！」

怒鳴りながらも小声になるという器用な芸当を見せてもらった。

「まぁまぁ、一緒にヤリあった仲じゃないか！」

「あら、２人は知り合い？」

綺麗な黒髪を三つ編みにして首の横に流しているエリゼが、台所から姿を見せた。

「ちがっ！　こんな奴！」

「王都に引っ越してきたばかりで、迷子になっちゃってさ！　その時に助けてもらったんだ！」

「あら、そうなの？　ユーリ、友達ができてよかったわね」

ユーリは強く反論できず口ごもる。どうやら姉には弱いようだ。それとも単純に友達がほしかったのが図星だったのかもしれない。

「じゃあ、お姉ちゃんは仕事行ってくるから、アシム君はゆっくりしていってね」

「はい！　ありがとうございます！」

「……いってらっしゃい」

「いってきます」

エリゼはそう言うと、家を出ていった。扉がバタンと閉まったあと少しの沈黙が流れる。

「やさしいお姉ちゃんじゃないか？」

「話しかけんな！　ていうか帰れ！」

取り付く島もないといった感じだ。知り合ったばかりの人と流れる気まずい空気をせっかく払拭してあげようとしたのに、失礼な奴である。

「まぁまぁ、別にお前のやってることをバラすつもりはないよ」

「脅す気か？　殺すぞ？」

ユーリが圧をかけてくるが、何も怖くない。

「僕に負けたよね？」

「ちっ！」

今まで同年代に負けたことがないのだろう、相当悔しそうな顔をしている。

「何がほしい？　金か？」

ユーリの頭の中は、失礼で構築されているのかもしれない。そもそもお金に困っているような人物に、わざわざ近づいて巻き上げようとは思わない。

「お金は大丈夫、君の方が困っているんじゃない？」

「金には困ってねぇよ！」

お金の稼ぎ方がよくないので、今の仕事を辞めさせられたら困ると思うのだが。

「じゃあ何に困ってるの？」

「てめぇに話すかよ！」

「やっぱり困ってるんだ」

自分が困っているということを認めた形になり、苛立つユーリ。

「てめぇ！」

ユーリが胸倉《むなぐら》を掴んできた。胸が締め付けられるのと、態勢がキツくなるのでやめていただきたい。

「僕にも姉がいるんだ！」

「それがどうした！　人の事情に首突っ込むんじゃねぇ！」

どちらも姉がいるということに共感は覚えないらしい。伝えたいのはそういうことではないのだが、説得を試みる。

「そうだな、僕がどうかしてるな」

「なら！」

矛盾しているような言葉に、さらにイライラが募っているようだ。もしかしたらユーリをストレスで倒せるかもしれない。

「僕が普通の子供に見えるかい？」

「自分で言うのかよ」

何が言いたいと訝《いぶか》しむユーリ。

「ハハハ！　悲しいことに僕と戦った君なら分かるんじゃないか？」

「何が言いたい！」

「自由に生きられない不幸を、君は受け入れられるのかい？」

スリは本望ではないと思っているので、どうにかしてやりたい。家族がいる以上、リスクの高い仕事は避けるべきだろう。

「好きでこんなことしてるわけないだろ！」

「じゃあ、なんでやっているんだい？　お金ならあるんだろう？」

辞められない理由を聞くが、ユーリの顔が余計に苦々しいものになっていく。

「抗争だよ！」

「抗争？」

ヤクザやマフィア同士のような組織に使われているのだろうか。

「ああ、闇組織同士の抗争に巻き込まれたんだ」

「ユーリ、何かやったのか?」

これは何か悪いことをやって勧誘でもされたのかもしれない。前の世界でもグレた少年たちがそういった悪の道に落ちていくイメージだ。

「名前で呼ぶな！　ちげぇよ！　俺たちは何もやってない！」

段々本音が出てきているのか、口調も荒くなってくる。

「もしかして、関係者?」

「見初《みそ》められたんだよ！」

ユーリは美少年だ。極道の妻か何かに目を付けられたのかもしれない。

「ユーリが?」

「姉貴だよ！　闇組織のリーダーに見初められたんだ！」

見初められただけで、自由が奪われるとは思えないが。

「この区画を牛耳ってる組織と対立関係にあるリーダーに見初められたせいで、姉貴は命を狙われるようになったんだよ」

何か事情がありそうだ。見初められたというのに命を狙われるのが、どうにも腑に落ちない。

「話してくれるか？」

「何を今更」

諦めたようにユーリは語り始めた。

「ここと は別の場所を牛耳ってる闇組織のリーダーに見初められてな」

「王都で闇組織が活動できるのか？」

「汚ねぇ仕事を必要としている奴も多いのさ」

この世界では現行犯などで捕まえない限り、犯罪の証拠を掴むのは難しい。文書などが残っていれば証拠になるが、それさえも偽造の可能性があるため立証は難しい。

そこで裁けない犯罪者の始末など、闇組織に依頼が行くことになる。この国には必要悪として重宝されているはずだが、いっぽうで表立って認めるわけにもいかないのが実情だ。

「それで？」

「そのリーダーっていうのには恋人がいてな」

「浮気？」

「たくさん妻を持てるのは基本貴族だけだろ？」

この国では多重結婚が認められているが経済的な理由や世継ぎの事情などで、貴族と王族しかしなくなっている。

「別にそう決まっているわけじゃないだろ？」

「そう思ってるのは貴族様だけだ。一般国民は、1人と恋愛結婚が普通なんだよ」

ユーリの言っていることは正しい。法律上可能であっても、実際に複数人を養うことのできる平民はそれほど多くない。

「で、相手の恋人が根っからの闇組織の娘なんだ」

「物騒な匂いがするなあ」

この世界は命が軽い。殺人の隠ぺいなど組織立って行えば、簡単にできてしまうのだ。

「正解だ。その恋人さんが姉貴を捕まえて国外に売り払おうと画策してるらしい」

「国外って……奴隷か？」

王国内にも奴隷はいるが、犯罪奴隷しか認められておらず、そういった奴隷は基本鉱山送りだ。

「ああ、最悪殺される可能性もある」

どうするかは、相手のさじ加減といったところなのだろう。

「そんな奴のところに行ったら十中八九無事じゃいられねぇ。だから別の闇組織に匿《かくま》ってもらっているのさ」

闇組織に対抗するには、闇組織をということなのだろう。確かに守ってもらえるかもしれないが、それなりの代価が必要になってくるはずだ。

「なるほど、それで盗みをしたり遊郭で働いていると？」

「ああ、そうだ」

妥当なところだろう。命や人権を守るために身体を売るという判断は、責められることではない。自分たちにはない武力という面を補ってもらうのだ、匿ってもらう側もそれこそ命を張るぐらいの価値がなければならない。

「よく匿ってくれたな？　相手の組織と対立が深まるだろ？」

「もともと激しく対立してる相手だ、俺たちを匿って起こる火種なんざたかが知れてる」

「なるほどね」

「さぁ！　ここまで話したんだ、坊ちゃんよ！　どうにかできるのか？」

俺をどこかのお偉いお家の子供と思っているらしい。間違ってはいないが……。

「サルバトーレ家って聞いたことあるか？」

「あ？　昔活躍したかなんだかは聞いたことがあるぞ」

サルバトーレ家は隣国が攻めてきた時に辺境を守っている領地に素早く駆けつけ、少数で相手を抑え続け、絶望的な状況を援軍が来るまで耐え続けた出来事が伝説として語り継がれている。あの防衛がなければ、国の3分の1は取られるほどの大打撃があったと言われるほどの功績である。

「アシム・サルバトーレだ！　よろしく！」

家名を交えた自己紹介をした。

「アシム・サルバトーレ？」

ユーリはビックリしたような顔を……していなかった！

「だから、なんだよ？」

「へ？」

逆にこちらがビックリした顔になった。サルバトーレの威光の小ささに。

「ゴホン！　つまりだね、武力行使をされても、僕がいれば大丈夫ということさ！」

「相手は組織だぞ？」

「サルバトーレ家だぞ？」

武力では到底負ける気はない。相手が組織立っていても勝てる自信はある。さらに、こっちは王女という後ろ盾があるのだ。闇組織についての情報も持っているだろうから、どうにかできると踏んでいる。

「ふざけてんのか？」

「まぁまぁ、信用できないって言うなら試してみる？」

挑発的な笑みを浮かべる。

「そういうことじゃねぇよ！　1回や2回、相手を迎撃できても意味ねぇんだよ！　それとも
お前が専属の護衛にでもなってくれんのか？」

「それいいね！」

「あ!?」

ユーリはちょっとキレそうになっているようだ。こめかみの部分がピクついている。

「だから、専属の護衛だよ」

「サルバトーレがずっと護衛に付くってのか？　そんな金は払えねえぞ！」

さすがに騎士団に簡単に入れるような猛者の護衛は高いし、仕事上無理だ。

「払えないなら働け！」

「現状の稼ぎ以上は無理だ！」

「なら、条件を出そう」

こちらとしてもユーリたちの状況は分かっている。無理なものは要求しない。

「条件？」

「ああ、僕に雇われろ。福利厚生は護衛付きだぞ？」

「サルバトーレに雇用される？」

アシムとしても、ちょうど自分の部下がほしかったのだ。自分が学園に入学する頃には、貴族としての仕事も増えてくるだろう。主に婚約の申し込みやパーティーへの参加など、派閥的な誘いが増えることが予想される。

そういったことに時間を取られている間は、やはり稼ぎは落ちてしまう。そこで自分の代わりになるような人物を部下としてほしいのだ。

ユーリは同じ年代では飛びぬけて強いし、何よりこんな経験をしている奴はいない。

「ああ、僕の部下になれ！　もちろんスリとか犯罪からは手を引いてもらうぞ？」

「サルバトーレ家の小間使いになれってか？」

一応の確認なのか、不満というより不安が見え隠れしている。

「今の状況よりいいだろ？　ちなみにうちは男爵家だ」

「貴族に雇われるのは願ったり叶ったりだが、今の組織が黙って『はい、そうですか』と言うと思うか？」

「交渉するさ」

物理的にも権力的にも、そして時間をかければ金銭的にも解決が可能だと思っている。

「法外な要求をされるぞ？」

「無策で行くと思うか？　その前に下調べくらいするさ」

「姉貴は？」

「もちろん家で、メイドとして働いてもらう！　金払いはいいぞ？」

父が騎士団に入ったことで収入も安定してハンターの稼ぎもあるので、そこらの貴族より裕福だ。

もちろんしっかり働いて稼いでもらうが。むしろめちゃくちゃ稼いでもらう気満々である。

「それはありがたいが、俺にそんな価値ないぞ？」

「いいや！　ユーリ君！　君はきっと輝く場所をうちで見つけられる！」

「なんだよ、輝く場所って……」

本当に可能なのかと、ユーリの感情が揺れ動いているのが分かる。

「まぁ、僕に任せておきなって！」

「任せて失敗しましたじゃ、シャレにならんぞ？」

期待が膨らんでいくのが手に取るように分かる。この言葉のキャッチボールは、ただの社交辞令に過ぎないだろう。

「そんなに心配か？　なら僕のバックについている人を紹介しよう」

「お前のバックに？」

「ああ、きっと君も納得する権力者さ！」

あの人物を紹介することで、さらに安心させてあげることにした。

「なんだかお前の方が、闇が深そうなんだが」

「答えは、その人に会ってからでいいからさ」

「分かった。それでよければ話に乗ってやろう」

「ありがとう。じゃあ今日はもう無理だから、後日調整するよ」

「ああ。だがそれが確認できるまで今の仕事は続けるぞ?」

「オッケー！　それと君の2人の友達はどうする?」

「お前！　なぜそれを！」

「言っただろう、下調べくらいするさ」

「ああ、そうだったな」

ユーリは観念したように両手を上げた。


アシムはユーリから、組織のことを詳しく聞かせてもらった。

組織はみかじめ料を住民から取っており、縄張りが大きいほど組織が強くなるので日々抗争が続いているそうだ。

国が対応しないのかというと、実は国とズブズブの関係であり、なくすことはできないらしい。

国が対応できない犯罪や、やり過ぎた組織を潰すなどを行う組織は、ある程度の犯罪行為を見逃されている。

「で、今回関係している組織は？」

敵になりうる組織が抗争中であるということは、運が悪ければ２つの組織を相手どらなければならない状況も出てくるかもしれない。

「モーリス一家とダイン一家だ」

「ユーリが匿ってもらっているのは？」

「モーリス一家だ」

取りあえずの敵はダイン一家だということが分かった。モーリス一家は匿ってくれているので、もしかしたらお金などで解決できるかもしれない。

「なるほど。モーリス一家から足を洗い、ダイン一家の脅威に対抗できればいいんだな？」

「そういうことだ」

難しいが、やらなければならない。ここで失敗すれば、ユーリの才能からして闇組織の中心人物になりうるからだ。

「分かった。モーリス一家は何を生業にしてる？」

相手の情報を収集するのは大事だ。何を核に活動しているのかで、その組織の在り方をある程度掴めるだろう。

「他の組織と変わらねぇよ。地域の支配と、遊郭の直接的な経営とかだな」

「なるほど、つついたら痛そうな商売はあるか？」

弱点が見えやすいなら楽だ。相手は対策もしているだろうが、一から調べるよりはマシだ。

「たまに奴隷を流したり、まぁ人殺しはやってたりするな」

「へぇ、頻度は？」

やはり本人も嫌な仕事をしているという自覚があるのか、ユーリもあまりいい顔ではない。

「奴隷は遊郭を辞めたいと言った遊女だったり、殺しは貴族からの依頼とかだから仕事はなくならないな」

「さすが腐ってんな」

「まぁモーリス一家がなくても、他の組織がやるだけだけどな」

王国の闇を聞いてしまった。今度シャルル姫を叱りつけておこう。それでも解決できないなら、根本的に国の構造を変えなければならないだろう。

とはいえ、今の自分にそこまでの気概はない。

「これでも平和な方なんだぜ？　各組織が睨み合っているおかげで、法外な金額を取られることもないし、互いが抑止力になってる感じだ」

「お前、本当に6歳か？」

ユーリは同じ歳だった。

「てめぇに言われたくねぇよ」

「確かに」

自分が普通の6歳児だとは思っていない。

「互いが抑え合ってるなら、潰すわけにもいかないな」

物騒なことを考える子供である。

「俺はどうする？」

「ユーリはモーリス一家から足を洗えるまでは動かないでくれ。エリゼさんが押さえられてしまったら面倒だ」

「分かった」

「しばらくは僕の方で動くから、いつも通り生活しててくれ」

方針を確認して家を出る。

取りあえず後ろ盾になってくれるであろう姫様を一度ユーリに会わせ、いざという時にやっぱりやめたと言われないようにしなければならない。

◆◇◆◇◆

シャルル姫はお風呂のあとのティーを自室で楽しんでいた。

「リーゼ、最近はどう？」

騎士団副団長であるリーゼロッテに、先日訪ねてきた子供のことを聞いてみる。

「と、言いますと？」

「騎士団に、あの子の父親が入ってきたでしょう？」

アシムの父親も優秀なのは聞いている。幼いながらも、その活躍は耳に入ってきていた。

「端的に言うと超人でしょうか？」

「昔と変わらず、すごい？」

その武勇伝は凄まじく、正直尾ひれがついて大きくなっているのではと思っている。

「剣技だけで言えば、やはり最強ではないかと」

「剣技だけ？」

「魔法などを含めた戦闘力となると、息子の方がもしかしたら……」

「6歳でその域に……いえ、一生かけても凡人には到達できない域に、年齢は関係ないのかしら？」

「我々には到底理解できかねますね」

アシムの到達地点は、既に騎士団副団長であるリーゼロッテを上回っている。リーゼロッテが弱いわけではない。個人で集団と戦えるサルバトーレ家が強すぎるのだ。

しかし、王国の最大戦力は間違いなく騎士団長だろう。あの人物の到達地点は、側にいることの多いリーゼロッテでも計れないほどだ。

「ふふ！　そうね。それで、アダン・サルバトーレは王国の要になれるかしら？」

「間違いなく！　ドラゴンの討伐は無理でも、人間相手ならば一騎当千でしょうね」

「ドラゴンと比べるのは酷でしょう？　そもそもあの分厚い鱗を突破できないのですから」

王国としてドラゴンの討伐は何度か行われたことがある。しかし結論は『無理』ということになった。

「比べる対象が他に思いつかなかったのですよ」

「そんなにすごいの？」

騎士団での訓練を見たが、アダン・サルバトーレは息子以上の剣技を誇っていた。アシムがオークの集団を倒したのは、魔法によるところが大きい。

「ええ、貴族に嵌められたと聞いて、考える方は弱いのかと思っていましたが」

「優秀だったと？」

アダンには昔馴染みの者も多いらしく、ベテラン騎士たちを束ねて一度任務に就かせたのだが、迅速且つ正確に、しかも遠征場所の村からは感謝状が贈られてくるほど人望を得ていた。

「少なくとも、部隊を指揮する能力は優秀ですね」

「サルバトーレ家には姉妹もいたわね」

「ええ、サルバトーレ家は没落してから全く情報が入ってこなかったから分かりませんが、この分だと……」

「優秀である可能性が高いわね。ぜひともサルバトーレ家には、結果を出してもらわないといけないわ」

一度没落したというだけでもかなりのマイナスだが、ぜひとも活躍してもらい王国の益となってもらいたい。

「そうですね、今何も成し遂げられていない状態で抱え込むと貴族の反発がすごいでしょうから」

「そうね」

昔の活躍があったとはいえ、没落の烙印《らくいん》はそれだけ重いということだ。

「サルバトーレ家から何か要請があったら、できうる限り受けるのよ？」

活躍する場を与えると共に、線を繋げておくことで王族派に引き入れるのを容易にしておかなければならない。

これだけ優秀な人材だと、他からも声がかかるのは時間の問題だ。

「もちろんです！　売れる恩は最大限に売ってみせますよ」

「ふふ！　頼んだわね」

「お任せを！」

2人でそんな談笑をしていると、窓の方から音がした。

「シャルル様！　下がってください！」

リーゼロッテのスイッチが戦闘態勢に切り替わった。

「何者？」

一国の姫の部屋の窓に石がぶつけられたのだ。リーゼロッテが傍に置いてある剣を手に取り、窓に近づく。

「気を付けて！」

リーゼロッテは集中しているのか、窓を見ながらゆっくり近づく。窓に辿り着くと、まずは外を覗き見る。

「お前は！」

何を見たのか、リーゼロッテはそのまま窓に手をかけて開ける。

「リーゼ？」

リーゼロッテの背中で遮られているため、覗き見ることもできない状況に不安になる。

「なんの用だ！　わっ！」

なんと開けた窓から小さな人影が入ってきた。リーゼロッテにぶつかると思いきや、窓枠を蹴り上手く躱す。

「こんばんは！　シャルル姫！」

ちょうど話のタネになっていた子供、アシム・サルバトーレが入ってきた。

◆◇◆◇◆

「アシム！　最初に言わせてくれ、王城へ忍び込むのは犯罪だぞ？」

「う！　す、すみません」

最近上手くいっていたせいか、調子に乗ってやり過ぎてしまったようだ。

「今回は許すから、次から気を付けてくれよ？」

「はい」

素直に謝る。できることが増えて調子に乗っていた部分は否めない。

「ふふ！　アシムでも反省をすることがあるのね」

シャルル姫とリーゼロッテが笑う。急にできることが増えたので浮かれていたが、こういったことを続けていると、いつか足元をすくわれることになるのは歴史が証明している。

「僕だって悪いことしたら反省するよ……後悔はしないけど」

「え？　最後の方なんて言ったんだ？」

小さい声でぼかした。反省は必要だが、それを後悔してはいけないと思っている。後悔してなかったことになるならば、してもいいと思うのだが。

「次に活かすって言ったのさ」

「そうか、よい心がけだ」

リーゼロッテはちょろかった。その真っすぐな瞳が心に突き刺さるが、こちらは2度目の人生なのだ、その経験をいかんなく発揮させてもらう。

「それで？」

リーゼロッテが何か用かと視線を投げる。

「ちょっと助けてほしくてさ」

シャルル姫とリーゼロッテが目を合わせる。

「ん？　どうしたの？」

「いえ、まさかあなたが助けてくれと言ってくるとは思いませんでしたわ」

お姫様は自分のことをなんでもできる超人だと思っているんだろうか、とアシムは訝る。

「この間も助けてもらったじゃん！」

「それはそうですが」

「シャルル様はお前を高く買ってるんだぞ？」

「僕を？」

突然の誉め言葉に、アシムも悪い気はしない。確かにサルバトーレ以上に強い人たちなど想像もできない。だが世の中の全てを知っているわけではないので、自分が知らないだけという可能性は非常に高い。

「そうですわ。あのサルバトーレ家の嫡男にして、わずか6歳でデュラム家と対峙した人物よ？」

当然でしょ、と言いたげにウィンクをする。

「それは光栄だな、それで相談の内容なんだけど」

頭を冷静にして話すために、一呼吸置く。

「今回も後ろ盾になってほしいんだ！」

「後ろ盾？　何をするつもりだ？」

「闇組織とちょっと揉めそうなんだよね」

ちょっとそこのコンビニでさ、という軽いノリでいけば警戒されないと思い採用してみた。

「お前は一体何をやっているんだ！」

リーゼロッテが驚きと怒りを表した。

「お前がいくら強いからと言っても、個人で組織と揉めるのがどれだけ危険か分かっているのか？」

さすがに事が事だけに、色よい反応はいただけないようだ。

「もちろん、正面から殴り合おうってわけじゃないよ？」

言い訳に聞こえるかもしれないが、本当なので弁明はしてみる。

「それでもだ！　目を付けられるというだけで危険だ！」

「助けたい人がいるんだ！」

その言葉にリーゼロッテとシャルルの表情が変わる。こちらもただむかつくから闇組織を敵に回したいと言っているわけではないのだ。

「助けたい人？」

「そうさ。ただ闇組織が悪と決めつけて、ちょっかいをかけたいわけじゃないんだ」

「そうか……それは大切な人なのか？」

「昨日会ったばかりだよ」

「話を最後まで聞いた方がよさそうだな」

リーゼロッテは眉間に手を当てて、椅子に座る。

「お前も座れ」

「それじゃあ失礼して」

少し高い椅子の上に上ると、ちょこんと座った。

「これは街でスリをしている子供を見つけたことから始まるんだけどね」

最初から詳しく話す。ユーリとの出会いから、家に直接出向いて説得を試みたところまで。

「なるほど、それでその姉弟を助ける流れになったと？」

「うん」

多少話は変えたものの、概ね真実を話した。

「それで、いざとなったら王家引きとりにしろと？」

「まぁ、そういうことかな！　闇組織に払う手切れ金は僕が用意するから」

つまりは、王家の使用人として迎え入れればいい話なのだ。もちろん闇組織にとっては面白い話ではないので、いくらかのお金が必要になる。

「分かりましたわ」

シャルル姫が了承を示してくれた。

◆◇◆◇◆

アシムは組織が根城にしているであろう酒場の前で、張り込んでいた。

建物から出てくる人物の何かしらの弱みを掴みたいところである。

「王国に許されてる範囲で収まってるわけないもんな」

こういった組織が素直に王国の言いなりになっているとは思えない。国に許されない範囲の犯罪を掴んで、脅しをかけたいものである。

「王家の姫がバックについてるならば、その方面がやりやすいかな?」

まだ子供の姫に何ができるのかと疑問に思うが、国王におねだりすることはできるだろう。

「ん?」

酒場で張っていると、昼間なのに男が一人出てきた。

「追跡開始!」

まだ昼間なので空振りの可能性はあったが、それはそれで組織の活動時間の見当がつきやすくなる。

男についていくと繁華街の遊郭に入っていった。

「あらあら、お昼からお盛んですこと！」

素直に正面から入るとまずいと思い、建物の裏に回る。

「ここかな？」

姿を消す魔法などないので、慎重に気配を探る。

「２人……」

仕事時間にはまだ早いので、人はあんまりいないようだ。２人の人間以外はどうやら近くにいない。

「さっきの男と話してるのか？」

２つの気配は2階の一室から感じる。

「これも調査のためだ！　おっぱじめないでくれよ！」

男女の関係にある逢引きだったら嫌だなと思いつつ、中に入り2階へ行く。

「ここだな」

２人が会っているであろう部屋の扉越しに、耳を澄ます。

「新しい店はどうだ？」

「順調ですぜ！」

どうやら男同士のようだ。野太い声であまり耳障りのよい声ではない。

「この間人員補充したが、それで足りたか？」

「はい！　店を上手く回せるぐらいには」

おそらく誘拐まがいのことをしたのだろう。女を借金まみれにして自分の店で働かせて金を稼ぐやり方だ。

「それはよかった。需要としてはどうだ？」

「へい！　まだまだお客の数が多いですぜ」

「そうか。なら新店舗に向けて、また『奴隷』狩りも必要だな」

「あのう……」

「なんだ？」

気配から察するに太り気味の体格の男が、弱気な声になった。

「本当に大丈夫なんですかい？　さすがに奴隷狩りは国も黙っちゃいないと思うんですが」

「大丈夫だ！　気にするな、絶対にバレないさ」

「いや、でも！」

男が食い下がろうとした時に、壁を殴る音がする。

「お前は黙って店を繁盛させてればいいんだよ！　消すぞ！」

かなり怒っているようだ。先ほどの静かに話している感じからは想像もできない怒気であった。

「ひっ！　わ、分かりました」

「新店舗の従業員はお前に任せる。遊女はこちらで用意する」

「分かりやした」

「それでいい」

（出てくる！）

見つからないように急いで廊下の突き当たりにある窓から出て、屋根に上った。

「決定的な話だったな、この線を追うか」

奴隷身分に人を落とす行為は、本来国王の許可が必要だ。それを勝手にやるような奴隷商がいるのだろう。

店から出てきた男の追跡を継続することにした。

アシムが追跡している男は、とある店に入っていった。

「奴隷商か」

先ほどの男との会話を聞く限り、奴隷の発注だろう。

「オーナーはいるか？」

店員を飛ばしてオーナーを呼びつけている。このお店に対して強気に出られる立場なのだろう。

「お客様、オーナーは只今忙しくしておりまして」

「お前、新人か？」

「はい、左様でございます」

男は平坦な声で新人の店員に話しかける。

「経験のある店員に、ユルゲンが来ていると伝えろ」

「かしこまりました」

新人の店員は渋々といった感じでお店の奥に引っ込んだ。

「ユルゲン様、お待たせいたしました！　応接室の方にオーナーを呼んでおりますので、どうぞ中へ」

ユルゲンと呼ばれた男が店の中に案内された。

「奴隷商とズブズブだな」

優先的に面会できるということは、そういうことなのだろう。

「ん～、正面突破？」

中に人は多いだろうから、外から気配を探って探すのは無理そうだ。ちょうどお店の人がいない今入るしかない。

「見つかったら子供の悪戯で終わらそう！」

いざという時は子供の特権を使えば大丈夫そうなので、正面から入る。玄関から入ると正面に階段があり、扉の横に呼び鈴が置かれていた。

「右と左にも扉か」

見た目的に1階にある扉は従業員が使っていそうなので、階段を上る。その先は左右に分かれており、どちらに行くべきか悩む。

「取りあえず左！」

左へ進むと、ちょうど人の気配が扉の向こうからした。

「ヤバ！」

慌てて周りを見る。視界に入った窓が開いていた。

「よっと！」

窓から外に出る。すぐに扉が開いて人が出てくる。

先ほどの新人のようだ。1階に降りて従業員が使っているであろう扉を開けて、入っていっ扱うのは珍しい。

「見に行ってもいいかな？」

扉を間違ったらしい。

「ということは、応接室があるとしたら反対か？」

犯罪奴隷が主流の奴隷商は基本、奴隷契約を結ぶのを生業としており、奴隷を売り物として
10人の気配を感じる場所がある。

「奴隷かな？　多いな」

「こっちは人が多いな」

気配を探るが、遠いのか面会をしているであろう2人組のものは感じ取れない。

「どこかな？」

窓から中へ入り直し急いで扉に向かう。今度は無事何事もなく進む。

基本家は木造なのだが、貴族の屋敷や王城は石造りの場合が多い。

「木造で助かったー！」

壁に短剣を突き立てぶら下がりながら、冷や汗を掻いていた。

「あぶね！」

た。

奴隷を見たことがなかったので、興味をそそられた。しかし今は組織の弱点を探している途中だ。

「が、我慢！」

なんとか我慢して来た扉から出て、反対側の扉に入った。男たちの気配を探り、部屋をつきとめて隣の部屋で会話を盗み聞く。

「追加ですか？」

注文を受けた男は嫌な顔をせず、事前に決めていたことを確認するかのような声音で返事をする。

「ああ、前と同じ人数で頼む」

「かしこまりました。今回は事前に用意できていましたので、すぐお引渡し可能です」

やはり事前にこうなることを聞いていたのか、すぐに用意できるようだ。こういった事前の準備がしっかりできるところはすごいと思うが、やっている方向があまりよろしくない。

「店がまだ準備できていなくてな」

「かしこまりました。お引き渡しは都合のよい時で」

「助かる」

（奴隷購入か、この奴隷商が調達してるのか？）

扉の前で魔法を使い盗聴しているが、いつバレるかと緊張のせいで冷や汗が出ている。

「追加で5人用意できるか？」

「5人ですか？」

今度の注文は意外だったようで、困ったような印象だ。

「ああ、今度の店が少し大きくてな」

「なるほど、少々お時間いただいても？」

やはりすぐには受けられないらしい。だが上客なのだろう、まどろっこしい言い訳はなしだ。

「ああ、それまで取る客は増やさないから任せる」

「ありがとうございます！」

「奴隷を作るのは大変だからな」

客側も慣れていて、店側の事情も考えている。これが合法的な商売なら問題はないが、少し雲行きが怪しくなってきた。

「ご理解いただき大変助かります」

「今後も頼むぞ」

「ありがたく引き受けさせていただきます！」

関係は良好のようだ。

（まずいな）

部屋の中の会話に気を取られていると、階段の方から人が向かってくるのを察知した。事前に確認しておいた窓から、先ほどと同じように隠れる。

部屋の方に人が入っていくのを確認するが、すぐに出てくる可能性が高いため様子を見る。

すると、部屋にいる全員が出てきた。

「それじゃあ、よろしく頼んだぞ」

奴隷の調達は奴隷商に外注しているようだ。

（働いている人が奴隷ということが証明できればいいかな？）

時間も遅くなり、ここからはどういった情報で攻めればいいのか分からなかったので、一旦戻ることにした。

◆◇◆◇◆

「ユーリ君！　遊びましょー」

アシムはユーリの家の前で叫ぶ。迷惑かもしれないが無邪気な子供を演じていた方が何かと許されそうなので、そのように振舞う。

「あら、アシム君！　ユーリなら中にいるわよ」

「エリゼさん！　こんにちは！」

「ふふ、もうこんばんはの時間よ」

空も暗くなりかけており、そろそろエリゼの仕事の時間になるはずだ。

「こんばんは！」

「はい、こんばんは」

挨拶をし直す。

「そういえば、ユーリが何をしているか聞けたかしら？」

しまったとアシムは思った。言い訳を全く考えていなかったのだ。

「あ、そういえばお店で働いてるって言ってたよ！」

「どこの？」

何も考えていないので、下手なことは言えない。

「う〜ん、教えてもらえなかった！」

「そうなの、残念ね」

お姉さんからすれば安心できないのだろう。さっさとサルバトーレ家で雇って安心させるのがいいのだろうが、今は何も言えないのがもどかしい。

「エリゼさんは仕事？」

「ええ、今からよ」

「いってらっしゃい！」

「いってきます、あまり遅くなって親御さんを心配させてはダメよ？」

最近父親は忙しいのか夕飯を一緒に食べられない時間帯に帰ってくるので、遅くなっても分からないだろう。

エリゼを見送り、扉を開けて中に入る。

「ユーリ！　行こうか」

中には外套を既に着たユーリが待っていた。

「遠足楽しみにしてた子供かよ」

準備万端のユーリを見て、つい本音が出てしまう。

「ああ⁉」

照れ隠しなのか、怒った顔でこちらを睨みつけてくる。

「何でもない」

「ちっ！」

挨拶を交わし、２人で王城へ向かった。

「おい！」

ユーリに声をかけられるが、無視をして王城の外壁をよじ登る。

「おい！」

ユーリが下から見上げる形で、なおも声をかけてくる。

「おい！　ここ王城だぞ！」

素直について来ればいいと思うのだが、納得がいかないようだ。

「知ってる！　ほらさっさと行くぞ！」

「まさかとは思うが、いつもこうやって入ってるのか？」

「2回目だ！」

「前科ありかよ！」

そうツッコミながらも、ユーリはちゃんとついてくる。

「約束してるのか？」

「してたらこんな入り方しないって！」

壁を登りきり、反対側の地面に着地する。

「よく警備に見つからないな」

こんな簡単に侵入を許すような王城ではないはずなのだが。

「慣れだよ！」

「俺が言えたことじゃないが、慣れちゃいかんだろ」

6歳児に侵入を許す警備が悪いわけではない。気配察知でうまいタイミングを計っているのだ。

「こっちだ！」

一気に庭を駆け抜ける。ユーリも慌てて追いかけてくる。

「ストップ！」

ユーリがぶつかりそうになるが、ギリギリで止まる。

「あの警備が角を曲がった瞬間、あそこまで走るぞ！」

ユーリが警備を覗き見る。緊張しているのか、喉元が上下に揺れる。

「行くぞ！」

間髪を入れず走り出す。こういったことは中途半端にやるといい結果に結びつかないので、思いきりのよさが大事になってくる。

「くっ！」

さすがというべきか、ユーリはなんとかついてくる。

「ストップ！」

今度は危なげなく止まった。学習能力の高い人物なのは助かった。

「ここだ」

上を指さす。

「窓？」

「あそこまで登るぞ！」

そう言うと窓に小石を投げつけ、窪みを利用して壁をよじ登る。

「もう、どうにでもなれ！」

ユーリは考えることをやめたようだ、素直についてくる。

会わせようとしている人物が王城にいるほどの人物ということだけしか予想できないだろうが、今は説明してあげる時間がないうえに、何より驚かせたかった。

窓が開き、ユーリと一緒に中に入る。ユーリはとある人物を認識したのか固まってしまった。

ユーリが認識した人は、絶世の美女と見紛うほどの女性だった。

「アシム！　またお前は！」

傍にいる護衛の女騎士がご立腹のようだ。

「いや、門番の人が通してくれないいんだもん！」

「事前に言ってくれれば、門番に話を通しておく！」

「次からそうする」

アシムは全く反省していないが、話が長引くのは嫌なので譲歩する。

「ああ、そうしてくれ」

「約束してない場合は許してね！」

「約束できないほどの緊急事態なら許してやる」

断固拒否してくると思ったが、案外理解を示してくれた。

「それで？」

「この前助けると言っていた子を連れてきたんだ。後ろ盾となってくれる人物を確認したいって言われたからね」

「そうか、君は？」

「ユーリ……」

「ん？　なんか元気なくなってないか？」

緊張を解いてやろうとツッコミを入れてあげる。

「ユーリ君っていうのか、私は騎士団副団長のリーゼロッテだ」

「私は、バスタル王国の姫シャルルよ」

「姫！」

ユーリは驚いている。薄々分かっていただろうが、直接本人が口にするとまた別なのだろう。

「どうだ？　この人たちが協力してくれるってさ！　不満か？」

「いや、十分だ」

後ろ盾としてこの人選に不満があるなら、アシムとしてもぜひともそれ以上の人物を連れてきてもらいたいところだ。

「そうか、それはよかった」

「ユーリ君、よかったら話してくれませんか？」

シャルル姫に話しかけられて、ユーリの顔が真っ赤になる。

「お！」

ユーリの反応が面白くて、ついニヤリとしてしまった。どうやらお姫様に照れているようだ。

「こちらに」

リーゼロッテが椅子を引いて促す。全員が席に座り、ユーリの話に真剣に耳を傾けたのだった。

6章　闇組織との対決

「今日は奴隷商を追っかけるか」

先日は追跡を途中で切り上げたので、アシムは今日は決定的な瞬間を見届けたいところだった。

昼からになるが、奴隷商を見張る。

「オーナーを追っかけるか、従業員を追っかけるか」

先日の話を鑑みると、奴隷の調達に行くはずだ。奴隷は奴隷商にしか扱えない魔法で奴隷にされる。

その魔法の入手方法は秘密とされていて、噂では国王が特殊なアイテムで付与できると言われている。

「オーナーだな！」

奴隷契約を行うにはたぶんオーナーが必要だろう。奴隷契約の魔法は、それだけの価値がある。

しばらくすると、少し大きめの馬車が奴隷商店の前で止まる。建物の中から、オーナーが出てきた。

「お！　ついにか」

出発する馬車を追いかける。

街中ではスピードがそんなに出ていないので、自分の脚力なら余裕で追跡できた。しかし街を出てしまうと、距離をある程度あけなければ遮蔽物がなく見つかってしまう。

スピード的にはこの恵まれた身体では問題なかった。なんとか上手く追跡して、馬車が静かな村に停まるところまで来た。馬車を村から見えないところに停めている。

「ここで攫うのか？」

確かに、街から外れた村では人がいなくなっても騒ぐのは村人だけだ。王都から結構距離があるので、衛兵が駆け付けたところで大抵間に合わない。

アシムも静かに村に入っていき、男のあとを追う。

「お主らか！　最近の失踪事件の犯人は！」

なんと驚くことに、正面から対峙していた。今回は急いでいるからなのか、堂々と連れ去るようだ。

村人とフードで顔を隠した集団が、今にも殺し合いを始めそうな雰囲気で向き合っていた。

「金はある。若い娘を5名買いたい」

奴隷商たちが村で人を購入してから時間が経ち、すっかり辺りも暗くなっていた。男たちは、さすがに王都に辿り着くことを諦め野営に入る。

「一旦帰るか」

アシムが家に一度帰ろうとした時、魔物の気配を感じた。

「きゃあ！」

野営を準備しているところから、女性の悲鳴が聞こえる。

「クソ！　ストーンベアだ！　全員馬車に乗れ！」

慌てて馬車に乗る一行。ストーンベアは足が遅いが、持久力があるので人間ではいつか追いつかれてしまう。

「馬が潰れるまで走るぞ！」

馬車が走り出す。しかし、まだ1人の女性が乗っていなかった。

幸いにも複数人乗せた馬車はまだスピードに乗っておらず、急げば乗れそうだった。

「恨むなよ！」

しかし、女性が馬車に乗り込もうとした瞬間、男が蹴り飛ばす。

定員いっぱいに乗った馬車は、馬がいずれ潰れてしまう。馬の体力を持たせるのと、女性が襲われている時間で距離を少しでも稼ごうとしているのだろう。

馬車が走り去ってしまう。女性は必死に逃げようと森の木々の中へ隠れる。

しかし、ストーンベアは女性のいる場所へ向かっている。

ストーンベアを今倒してしまうと、奴隷商の男たちに見られる可能性があるので女性の方へ駆ける。

「こっち！　場所バレてるよ！」

「きゃあ！」

背中を曲げ、女性を自分の背中へ『座らせる』。おんぶをしたら足を引きずってしまうので、仕方なしの背負い方だった。

低い姿勢のまま走る。

「きゃあ！」

女性がビックリして背中にしがみつく。結局足が投げ出され、引きずる形になってしまった。

しかし、女性は恐怖のあまり固まっているようで、しがみつくので必死だった。

「ここまでくれば、大丈夫かな！」

女性を下ろし、ストーンベアを待ち構える。

「あ……」

女性が何か話しかけようとしたが、ストーンベアが現れる。

「まぁ見ててよ、逃げない理由が分かるからさ」

先ほどのスピードで走れるなら、森の中でストーンベアを撒いた方がいいと思ったのだろう、女性は絶望的な顔をしていた。

「ほらね？」

手をストーンベアに向けただけで女性の方を振り返り、得意げな顔を見せる。

「まだ……」

女性が「まだストーンベアが生きている」と言おうとしたところで、

「大丈夫！」

ストーンベアの上半身がずり落ちて真っ二つになった。


「痛っ！　ありがとう」

女性を痛めつけて、お礼を言われる……。

冗談は置いておいて、置き去りにされた女性は蹴り飛ばされた時に怪我をしていたのか、肘付近をすりむいていた。

女性は何か言いたげな視線を、アシムに向ける。

「何？」

ジロジロ見られるのはいい気分ではなかったので、さっさと用件を聞く。

「助けてもらって失礼かもしれないけど、君いくつ？」

「6歳だよ」

「ろ、6歳！」

女性はびっくり仰天といった顔で目を見開いている。

「ほら立って、森を抜けるよ」

「う、うん！」

女性の驚きを流して、森を出るよう促す。こちらが気になるようで、チラチラと見てくる。

「ほら、出たよ」

ついにはこちらを凝視してきて、森を出たことすら気付いていない。

「あ、ああ、そうね」

夢から醒《さ》めたように辺りを見渡しているが、心ここにあらずといった感じだ。

「自分で戻れる？」

「あ、えっと、うん、あ！」

混乱しているのか戸惑ったような反応だ。

「ちょっと聞きたいんだけど、いいかな？」

女性から話しかけてきた。

「何？」

村への道でも忘れたのだろうか？　この道に沿っていけば辿り着くのだが。

「このまま王都に行って生きていける？」

「お姉さんは王都に住んでいないの？」

もちろん、村人ということは承知で聞いている。

「私、村で暮らしていたの。ある事情で村を出ちゃったから、王都で暮らせないかなと思って」

「王都で暮らすには、身元を保証してくれる人が必要だよ」

最悪そのまま暮らせはするが、医者に行けなかったり、ちゃんとした職に就けなかったりする。

「私ね、王都に知り合いがいないの」

「なら、仕事を探せば？　仕事場の人が身元を保証してくれるよ」

王都事情に詳しい6歳児にお姉さんは面食らっている。

「そ、そう、詳しいのね。王都の子供はみんな賢いの？」

「僕は勉強頑張ってるから」

「勉強？　もしかして貴族様？」

自分の地位を軽く教えてやった。

「准男爵家の子なのね！　すごいね！」

お姉さんの目がギラついてきた。

「私の名前はジャム！　君は？」

「アシム」

「アシム君ね。アシム君、お願いなんだけど私の身元を保証するように、親御さんに頼んでくれないかな？」

貴族に対してすごい要求である。普通なら断るのだが、村での出来事を見ている分、助けたいと思ってしまった。

「う～ん、行き場所がないなら僕のところで働く？」

まだ使用人の数が少ないので、あと数人は増やせる余裕がある。

それに、自分の思い通りに動いてくれる部下がほしいと思っていたのだ。

「本当？　ぜひぜひ！」

准男爵家で働けると思っているのか、すごい喜びようだ。実際は、自分専用のメイドに仕立て上げようと考えているのだが。

「それじゃあ、行こうか」

ジャムを背中に座らせる。

「え！」

「野営は無理でしょ？」

そう言って、女の子のスカートなど気にせず走り出した。


「オヴェーーーー！」

かわいらしい女性から出る音とは思えない音を、ジャムが発していた。

「落ち着いたら行くよ！」

既に王都の門の前まで来ており、ジャムの体調回復待ちだった。

「今度はもっと揺れないように走らないとな」

「今度！」

ジャムがこちらに勢いよく振り向く。

「うおっ！　汚ねぇ！」

うら若き乙女に言ってはいけない言葉だが、本当に汚かった。

「オヴェーーーー！」

どうにか1時間ほどで回復してもらい、王都に入る。

「すっかり遅くなっちゃったから、今日はうちに泊まっていきなよ」

「お世話になります」

ジャムをサルバトーレ家に案内する。

「はぁ～！　貴族様のお屋敷ってこんな大きいんだ」

大きい家を見て感嘆の声を上げている。自分でも大きいと思うが、王都で貴族として暮らしていくには、これぐらいの広さは必要なのだ。

「父上に紹介するからこっち来て」

「うん！」

後ろをジャムがついてくる。ちょこちょこしていてかわいいが、先ほどの姿を見ているので評価が相殺されている。

「父上！」

父の書斎をノックして入る。

「どうした、アシム！　連絡もないから心配したぞ」

何か作業をしていたのか、書き物をやめてこちらに顔を向ける。

「すみません、アクシデントがあったので」

「何？」

「入って」

ジャムを部屋に招く。恐る恐る部屋に入ってくる彼女はアダンを怖がっているのか、委縮していた。

「し、失礼します！」

「君は？」

アダンは眉をしかめる。そんな顔を大人にされると子供は怖がってしまうので、やめてほしい。

「ジャムといいます！　アシム様に助けていただきました！」

感謝を伝えお辞儀をするが、アダンの顔は険しいままだ。感触がよくないと少し焦ったが、次の言葉でその理由が分かった。

「君、話はアシムから聞いておくから、まずはお風呂に入ってきなさい」

「あ！　失礼しました！」

ジャムは慌てて部屋を出る。

「アシム！　風呂場の案内と服をメイドに持ってこさせなさい」

「分かりました」

１人部屋を出てオロオロしているジャムのところに行き、案内をする。

「風呂場行くよ、服はメイドに持ってこさせるから」

「あ、ありがとう」

素直にジャムは従う。案内を終えアダンのところに戻る。

「それで、あの娘を助けたというのは？」

アダンは汚れていた彼女がいなくなったのを確認して、話を再開する。

「はい、外に魔物を狩りに行ってたんですが」

「ん？　ハンターの仕事はしばらくやらないんじゃなかったのか？」

「今日は、下見ですよ」

「そうか」

アダンはハンター活動に理解を示しているが、さすがに1人というのは心配なため一緒に狩りに行ってくれる人が見つかるまでアシムに休業するよう命じていた。

「ちょうど下見が終わった帰り道に、襲われているジャムを見つけて助けたんです」

下見というのはもちろん嘘なのだが、馬鹿正直に怪しい人物を追っていましたとは言えない。

「それで、あの子はどうするんだ？」

父もアシムが家に連れてきたということで薄々勘づいているだろうが、確認の意味を込めて聞いてくる。

「はい、わけがあって村を出たらしいのですが、当てもなく困っているそうです」

「そのわけを聞くことは？」

村のことは知っているが、本人から詳しくは聞いていないので話すことはできない。

「まだ話していないので分かりませんが、あとで聞いてみます」

「分かった、お前はあの子をどうするつもりだ？　村へ返すのか？」

「いえ、事情を聞いてからですが、専属メイドとして雇おうと思っています」

父も騎士団で働いているとはいえ、この家を買うことができたのはハンター業のおかげであるのは分かっているので、反対はされない。

「そうか、お前も貴族位を持っているから、ちょうどいいだろう」

アダンの了承も得られ、快く専属メイドを手に入れられそうだ。

◆◇◆◇◆

アシムは暗闇の中で聞き耳を立てていた。

「1人減ってしまったか……まぁいい」

ユルゲンだ。村に来ていた男と一緒にいる。奴隷商館の中で、連れてこられた奴隷を見ていた。

店は既に閉めたようでエントランスホールで話している。いつもの通り風魔法を操り、音を拾う。

「ダロト！」

ユルゲンが声を張り上げると、扉から執事服を着た男が入ってきた。

「なんでございましょう？」

前回侵入した時とは明らかに違う対応をする人である。この人は執事なのだろう。

「全員の世話を任せる」

「はっ！　では皆さん、こちらへ」

奴隷にするにしては丁寧な対応だ。もしかしたら直前まで知らせないのかもしれない。

村娘たちが去ったあと、ユルゲンがフードの男に指示を出す。

「明日、奴隷紋を入れるぞ」

「了解した」

奴隷化される娘たちを助ける気はなかった。いや、正しくは奴隷化されたあとに助けるつもりだ。王城で管理されているであろう奴隷の記録簿と照合すれば、一発で分かる。

問題は、どうやって娘たちを不正な奴隷であると知らせるかである。子供が訴えても無理なので、シャルル姫を使うという手もあるが最近頼り過ぎている。なので、子供らしく親に頼ることにした。

結局、夜のアダンへの報告で全部話すことにした。

ここまで自分1人で動いてきたが、奴隷の解放となると1人では無理だ。

最低でもシャルル姫の協力は仰がないと、調べることすらできない。

「それで、その奴隷たちを解放したいと?」

「はい」

アダンは険しい顔をしている。ジャムとユーリの事情を全て話し、事情は呑み込めたようだ。

「その奴隷商は、ジャムがここにいることは知っているか?」

「いえ、死んだと思っているようです」

「そうか。今の段階で勘付かれた場合、証拠隠滅をするだろう。くれぐれもバレないように」

「認めてくださるのですか?」

「そうだな、お前が部下にほしいという少年も気になるが、まず奴隷にされた娘たちを解放するのが先決だろう」

「はい。そのつもりです」

「よろしい。闇組織の方は間違っても潰そうとするなよ?」

「分かっています」

闇組織を潰すことは可能だろう。しかし、一つを潰してしまえば他の地域の闇組織が入ってくるだけだ。

そうやって一つの組織が肥大化してしまったら、国が腐敗してしまうのは目に見えている。

しかし、闇組織をそのままにしておくつもりはなかった。今ではないが、いずれ闇組織の〝あり方〟を変えようと思っていた。

(そのためには、政治も武力も強くならなければな)

政治力を持ってして正しい政治をしたいならば、それを実行できる力も同時に必要となる。

現状の王国では闇組織に呑まれることはないが、消し去ることもできないということだ。

王国側に被害を出さないで闇組織を潰すには、相手に戦う意志すら許さない圧倒的な武力が最低限必要だった。

「いつ決行できる?」

「すぐにでも」

村娘たちは既に奴隷化されている。奴隷商の罪を暴くにはやはり、その村娘が一番の証拠だ。

村娘たちがいるであろう奴隷商へ向かう。今回の作戦はこうだ。

村娘を1人攫い、王城まで素早く運ぶ。奴隷商が気付く前にさっさと違法奴隷であることを確認し、ネルソンという名の奴隷商オーナーをしょっ引くという算段だ。

こういった輩は闇組織に助けてもらうので、そこでユーリたちの交換条件を出すのだ。

闇組織が手を引く場合は、また他の方法を考えなければならない。だが、そうすると闇組織が行っている奴隷での店経営が立ち行かなくなるだろうから、可能性は低い。

(ここか!)

問題なく奴隷たちが入れられている牢に着いた。周りを確認するが、見張りもいない。

それもそのはず。奴隷紋を刻まれた奴隷を盗んでも〝普通〟は騎士団が居場所を特定できるらしい。

国に登録されている奴隷はそうなので、何か特殊なアイテムでもあると予想される。

中を見ると、奴隷たちはこちらに気付かずぐったりとしていた。一番近くの牢は村娘しか入っておらず、他の奴隷とは違うところに入れられていた。

気付かれないように、カギを壊す。

できるだけ音を出さないようにしたが、さすがに中の奴隷たちには気付かれた。

「あ」

声にならない声を上げたが、ジェスチャーで声を出さないようにと指示をする。

「あなたたちを助けに来ました」

娘たちの顔に希望の光が差したようだ。それまでの暗い雰囲気から明るい表情へ変わった。

「説明しますので、声は出さないように」

小声とジェスチャーで支持を出し、近くに娘たちを集める。

「これからこの中の1人を連れて王城へ行きます。王城にて違法奴隷ということを証明できるので、そのあとにこの奴隷商から皆を助け出します」

簡単に説明をする。理解しているか分からないが、取りあえず大人しく聞いてくれている。

「誰を連れていくかは僕が決めます」

ここでごねられて時間を費やしたくなかった。迅速な対応で、少しでもリスクを減らす。

「君と一緒に行こう」

近くの女の人を指名する。十代に見え比較的他の人よりも若く見えるが、アシムよりはだいぶ年上だ。

娘たちは何も言わず従ってくれている。

「もしここから連れ出されても探しに行くから」

そう娘たちに告げ、選ばれた女の人と共に牢を出る。その際に新しい錠前をかけなおし、偽装をしていく。事前に準備しておいたのだ。少し形が違うのでもしかしたらバレるかもしれないが、ないよりはマシだと思う。

「こっちから行くよ」

出口に通じる扉の方ではなく、逆の方向に進む。

「あの、ここは」

この先は扉ではないと言いたいのだろう。

「分かってる」

そう言うと、突き当たりに到達した。

「ここから出るよ！」

「え！」

女の人が窓を見て声を上げる。

「これ噛んで」

口に布を噛ませ、叫び声が出ないようにする。

「いい？」

女の人は覚悟を決めたように頷く。

「大丈夫、僕の魔法で衝撃をやわらげるから。でも飛べるわけじゃないから着地したら、横に転がって受け身を取ってね」

そう言うと女の人の手を引っ張って、アシムは一緒に飛んだ。女の人は一瞬悲鳴を上げそうになるが、落ちるスピードが異常なのに気付く。

「ほら、受け身取ってね」

そう言う余裕はあるぐらいに減速をした状態で、地面に降り立つ。言われた通りに受け身を取ったが、衝撃は弱く浮遊感を感じるぐらいだった。

「よし！　怪我はない？」

お互いに無事なのを確認して、先へ進む。

◆◇◆◇◆

「要求は通ったぞ」

リーゼロッテの報告に、アシムが喜びの声を上げる。

「やったー！」

いつもと違い、年齢相応な喜び方をしていた。

それだけ今回の〝報酬〟は嬉しいものだった。

要求は、国側が求める人材の提供と、今後違法奴隷を作るのをやめることだった。

それを破った場合は容赦なく組織が潰される。国側の要求が全面的に通ったが、司法取引としては国側の敗北と言っていいだろう。

本来なら多額の賠償を求め、違法奴隷を〝全て〟没収するのが基本だろう。だが今回は、店にいた村娘たちの解放までに留まっていた。

そもそも司法取引で無罪にできてしまうあたりに闇を感じるが。もっとも、そんな事情もある程度予想できていたので、これだけでも上出来だった。

「よろしく！　ユーリ君！　エリゼさん！」

その場にはユーリとエリゼが同席していた。直前になってしまったが、司法取引が裏でまとまった時点で呼ぶようにお願いしておいたのだ。

「え、ええ。明日からアシム君の屋敷で働くの？」

エリゼさんはまだ頭が追いついていないようだ。突然降ってきた話なので無理もない。

「うん！　エリゼさんは明日からメイドとして働いてね！　待遇は保証するから」

身の安全を確保するためにも、なかば強制的だがサルバトーレ家で働いてもらうしかない。

「ユーリは明日から僕直属の部下ね」

「ちっ！　気に食わんがいいだろう」

なんと生意気な言葉だろうとエリゼと共に笑ったが、その顔は明日からの明るい未来に期待するかのような笑顔だった。

◆◇◆◇◆

「どうにかなったか」

ユルゲンは、奴隷商のオーナー、ネルソンが牢から解放されたと聞いて部下を迎えに行かせたあとで呟いた。

「誰がやったか分かったのか？」

「たぶん、サルバトーレ家だと思うが……」

「思う？」

報告を聞いた兄貴が確証のない答えに苛立った声を出す。

「今回の交換条件に、ユーリとエリゼを要求してきた」

「あのガキを、サルバトーレ家が？」

「いや、お姫様ということになっているらしい」

「お姫様？　10歳かそこらのガキじゃなかったか？」

「ああ、だが最近サルバトーレ家と仲がいいと聞く」

アシムは内密に会っているが、デュラム家を潰す時にどうしてもシャルル姫との協力関係を公表する形となってしまったのだ。

「サルバトーレ家の当主か？」

アダンがお姫様に頼んだのかと疑問に思う。

「いや、ユーリをもらったのはどうやらガキらしい」

「ガキがユーリを？　友達だったとでもいうのか？」

理由が見えてこない。いくらなんでも子供がこの組織のことを知っているとは思えない。であるならば、あのサルバトーレ家に王家が恩を売るために何かしらで利用されたと考えられる。

「ユーリの家で目撃はされているが、ここ数日の話らしい」

「ちっ！　ただのガキが正義面して友達を救ったつもりか？」

「その可能性が高いと思う」

アシムがユーリと親しくなり、アダンにお願いして今回の騒動を起こしたといったところか。

「サルバトーレ家はアホか？　俺たちと事を構えて何になる？」

モーリス一家としては、このままやられっぱなしでいるわけにはいかなかった。

「モーリス一家と事を構えてでもユーリがほしかったのか、ただの親バカか……」

サルバトーレ家の世間の評判はどちらかと言うと悪い。武力の威光はだいぶ薄れていた。

「一度没落した貴族が最近また武功を上げて返り咲いたらしいが、身のほどを弁えてもらわないとな」

「兄貴？　どうするつもりだ？」

報復は決定事項だが、どの時期にどういった内容でするのかという意味で兄貴に問う。

「そうだな、サルバトーレ家を調べろ。特に家族構成は徹底的にな」

「武の名家には人質で脅すってことか？」

「ガキを取られたんだ、こっちもやり返すだけさ！」

目には目をの精神で、人材を取られたらこちらも人材でやり返すのだ。

「それであの親を仕留めると？」

「そうだな、一応貴族様だからな……賊に殺されるなら仕方ないよな？」

兄貴はニヤリと口元を吊り上げ、モーリス一家をコケにした貴族を潰すことを想像して笑っていた。

「了解した」

そう言うとユルゲンはネルソンが乗った馬車へ乗り込み、部下へ指示を出す。

「ネルソン、サルバトーレ家の情報は持っているか?」

ユルゲンはネルソンに先ほどの話をし、サルバトーレ家への報復を伝えた。

「サルバトーレ家……最近復興したお家だが、その時武功を上げた現場は只事ではなかったらしいぞ」

「落ちても武は健在ってことか?」

「そうだな、戦うなら警戒は怠っちゃいかんということだろう」

「分かった」

薄暗くなった街を、男2人を乗せた馬車が音を立てながら走っていった。

7章　サルバトーレ家襲撃

「アシム～！」

玄関を開けるなり、アシムはエアリスに飛びつかれた。

「あ、姉上！　く、苦しいです」

決して重いとは言わない。前世の知識が女性に重いと言ってはいけないとアシムに警告していた。

「学園の間は会えないから、今のうちに補給させて！」

「何を！」

「あ～！　癒される～！」

何か学園であったのだろうか、会って早々テンションがおかしい。

「姉上、取りあえず中に入って」

王都に来てエアリスは初めて家に入る。やっと離れたエアリスは、家をまじまじと見つめる。

「立派な家ね！」

デュラム家に使われていた時もまぁまぁいい家だったが、貴族となるとさらに大きい家になる。

エアリスを招き入れて荷物を使用人に預け、ソファへ座ってもらう。

「姉上、学園はどうしたの？」

「今日は初めての外出許可日なのよ！」

学園は入学早々外出の許可は出してくれないらしく、３週間ほどかかったらしい。

「友人はできた？」

「ええ、同室の娘《こ》やクラスメイトと仲良くなったわ。今度アシムに会わせたい娘がいるの」

「会わせたい娘？」

「ええ、私たちと同じようにデュラム家に借金をしていた家でね、高利子に苦しんでいた家の娘なの」

「僕がデュラムを潰したから助かったと？」

エアリスが話したのだろう。

「そうよ。商人の娘だから顔を繋いでおいていいんじゃない？」

「姉上が既に友達じゃないの？」

「あら、あなたも友達になった方がいいんじゃない？」

「どういう意味？」

無理に友人になる必要はないと思うが、姉がどうしてもと言うならば会うのもやぶさかではない。

「将来領地経営を考えてるなら当然でしょ？」

エアリスはアシムが領地経営に乗り出すと考えているようだ。

「なんで僕が領地を？」

アシム自身もその未来は構想に入っているが、エアリスがどういった考えでその答えを出したのか知りたかった。

「だって、将来あなたはサルバトーレ家から独立するんでしょ？」

現在アシムはサルバトーレ家とは別で貴族位を持っている。家を継ぐならその地位を返還しなければならない。

アシムとしては悩ましい部分でもある。

家を継ぐ場合は領地を持てない可能性があるが、サルバトーレ家の貴族位を継ぐのは家を守ることになる。

独立する場合は、家名を変えてサルバトーレ家を出なければならないが、確実に貴族位が上がっている時になるので、領地を持つ可能性が高い。

「サルバトーレ家を継いでほしくないの？」

サルバトーレ家の息子はアシムしかいないので、継がなければ確実に潰《つい》えてしまう。

「忘れたの？　母上が出て行ってもう3年よ？」

「確か5年で帰ってくるって言ってたね」

母親はいまだ借金を返すためにハンター業をしているはずだ。早く連絡をつけたいが、今のところ無理だった。

「母上が帰ってきたら子作りを頑張ってもらうわ！」

8歳の娘は、母親に跡継ぎを産んでもらうつもりのようだ。

◆◇◆◇◆

エアリスの希望で街に一緒に買い物に来た。

「姉上、持つよ」

会計が終わった商品の入った袋を受け取ろうとする。

「大丈夫よ。アシムは既に両手が塞がっているじゃない？」

「これくらい大丈夫だよ！」

もっと袋を持つ余裕はあった。

「いいわよ、あなたばかり頑張らなくても」

「そうだね」

無理やり持つ物でもないし、無理に催促することはしなかった。

そうして帰路についていると、言い争っている声が聞こえてきた。

「アシム！　あれ、ユーリ君じゃない？」

「本当だ」

路地裏に入る建物の隙間の前でユーリが人と言い争っていた。エアリスはこちらをちらりと見て、荷物を奪い取った。

「姉上？」

「気になるんでしょ？　話が終わったら聞いてみたら？」

そう言うと、エアリスは先に行ってしまった。

せっかくなので、いつ終わるかも分からない言い争いが終わるのを待つことにした。

幸いにも争いは数分で終わり、ユーリが悔しそうな顔で友人の背中を見送っていた。

「どうしたんだ？」

「見てたのか？」

いきなり後ろから声をかけたのだが、気付いていたのか特に驚いた様子もなかった。

「ああ」

「あいつ、また組織で働いてるらしい」

何も聞いていないが、ユーリから話し始めてくれた。サルバトーレ家で雇ってから信頼関係が築けている証拠だろう。

「ん？　ユーリの友達にも仕事は紹介したはずだけど？」

「辞めたらしい」

「辞めた？」

給料も結構いい仕事を紹介したはずだ。

貴族の紹介ということで、店でも無碍《むげ》に扱われたとは考えにくい。

「新しい仕事が肌に合わなかったらしい」

「え？」

仕事があるだけでもありがたいはずだが、まさか盗みの方がいいとは思わなかった。

◆◇◆◇◆

「アシム！　いってらっしゃい」

「いってきます!」

エアリスに送られて家を出る。

これからユーリの友人の一人、トムという人物が闇組織の仕事に戻ってしまったため説得を行うつもりだ。トムにも事情があるはずなので、そこを解決するつもりでもいた。

酒場に着き、中に入る。

営業形態が変わったのか、今日は昼から客がいっぱいいた。中に入ると視線を一気に集めた。

(これは何かあったか?)

視線の中には怒りを含んだものもあり、自分がこの組織に認知されていることを理解する。

一か所、子供が固まっているテーブルがあったので、そこに向かう。

「やあ、トム!」

敵意を隠そうともしない視線を全部無視して、トムに話しかける。

「お前……何しに来た?」

どうやらトムは事情を知っているようで、あまり歓迎はしていなかった。

「何って? 〝君たち〟をこの場所から離れさせるためさ」

周りの視線が一層きつくなる。しかし、そんなことで怯むようではここまで来た意味がない。

「ところで何かあったのかい? こんなに人が集まるなんて?」

まさか1人の子供を警戒して集まっているわけではないだろう。

「何もねえよ！」

ぶっきらぼうにトムはアシムを突き放す。

「じゃあ、なんでここに戻ったのか聞いてもいい？」

「うちの仲間に何か用か？」

トムが答える前に後ろから声をかけられる。トムたちが引き抜かれるのが、よっぽど不都合らしい。

「トム君をね、組織から抜けさせてあげたいと思ってるんだ」

振り返って見ると、話しかけてきた男は意外にも細身の優男だった。

「トムをか？　そいつは自分の意志でここにいるんだぜ？　それをじゃましようってんなら黙っちゃおけないな？」

「兄貴！」

トムがその優男を兄貴と呼んだ。2人の関係性はここを辞めさせるうえで面倒な枷《かせ》になりそうだ。

「何かここにいる理由があるの？　僕が助けられるなら協力するよ？」

「これだからガキは……いいか？　トムが一度ここを辞める時、俺たちは止めなかった。だが、トムは自分の意志でここに戻ってきたんだ」

　優男は考えれば分かるだろ、というような表情をしてきた。

「そうだ！　俺は別に無理やりとか、嫌々ここに戻ってるんじゃないぞ！」

　無理やり、もしくはやむにやまれない理由があると思っていたが、自分の見当が外れていることに初めて気が付いた。

「俺が戻ってきたのは、単純にここが好きだからさ！」

「そうか」

　そう言われてしまうと、どうしようもなかった。

「それでも、この仕事がいけないことは分かってるだろ？」

「もう盗みとか犯罪はやってないよ」

「ああ、もうやらせてないな。〝今〟やるのはリスクが高すぎるからな」

「騎士団に目を付けられたから？」

「ちげーよ！　単純に危険なんだよ！」

「危険？」

「おい、トム！」

　言ってはいけないことだったようで、トムは口を慌てて押さえている。言ったあとに押さえても意味はないのだが……。

「とにかくトムは自分の意志でここにいるんだ。諦めな」

「そうか、トム君。辞めたくなったらいつでも言ってよ。ユーリが悲しむからさ」

トムは目を逸らす。やはり後ろめたさはあるようだ。

「用事が済んだならお帰り願おうか？」

優男がアシムに扉を指し示す。

「無事に帰す気はないようだけど？」

「ちっ！　あいつら勝手に！」

扉の外にたくさんの人が集まっているのが分かる。

「子供に対してやり過ぎじゃない？」

「クソッ！」

優男は答える気がなさそうだ。外に出て、周りを囲んでいるごろつき共を睨む。

「オイオイ！　威勢がいいじゃないか」

「子供に威張るよりいいだろ？」

「ガキが！」

男共は今にもとびかかりそうなほど、怒っている。

「ガキ相手にムキになるなって」

違う男が前に出てくる。そいつは余裕を持っているように見えて、実際はこちらをどう弄《もてあそ》んでやろうかと下品な笑みを浮かべていた。

「アシムっていうんだろ？」

「それが？」

「ただの確認さ。母親は行方不明、父に姉と妹と生活している。おっと姉は今、学園生か！」

こちらの情報を調べ上げているようだが……。

「何が言いたい？」

「お前の家族が無事だといいがな？」

「お前……」

「おっと！　その前に自分の身を大事にしろよ？」

「クソッ！」

◆◇◆◇◆

エアリスは使用人を呼ぼうと家の中に入る。

「お姉様！」

玄関のすぐ近くにいたアイリスに声をかけられた。

「アイリス！　勉強の時間にはまだ早いわよ？」

アイリスとは勉強をする約束をしていたが、約束の夕方にはまだ時間がある。

「眠たいの」

「眠りたいの？　じゃあ部屋まで一緒に行きましょうか」

アイリスは自分で鍛錬して疲れたのか、眠気が来ているようだ。

「あら？」

アイリスの手を引いて部屋に向かってると、廊下で使用人の一人が倒れているのを見つける。

「大丈夫？」

エアリスは慌てて駆け寄る。

「息はしてる、外傷もない」

様子を見る限り呼吸も整っていて、ただ寝ているように見える。ふと周りを見渡すと、アイリスが廊下の壁に寄りかかって寝ていた。

「どういうこと？」

こんな真っ昼間から、人が次々と眠っていくことに違和感を覚える。

「あっ！」

立ち上がろうとして足がよろける。

「あら、まだ眠っていなかったの？」

後ろから声をかけられ振り返ると、そこには怪しい黒ずくめの女がいた。

◆◇◆◇◆

「ゼフ！　どういうつもりだ！」

優男が、アシムを脅迫している男に向かって怒鳴る。

「ギュスタブの命令だ！　実行の合図が出たぞ、リオン！」

「まさか！　今はダイン一家と抗争中だぞ！」

「だからさ！　戦争にも金がかかるんだよ！」

「兵隊の人数はどうした？　ダイン一家との境界線付近に集めてるはずだよな？」

「大丈夫だ！　影響が出ない程度の人数でやってるからな」

確かに子供を取り囲むには十分な人数だが、そんなに多いとは言えない。

「同時襲撃だろ？　向こうはどうした？」

男たちはサルバトーレ家の襲撃を大人数で決行するはずだったようだ。人数の集め方からして、雇われている使用人がただの執事やメイドではないと下調べもついているらしい。

「あそこにはダリアを行かせることで人数を抑えた」

「ダリアか……前線から離して大丈夫か？」

「今は安定してるからな」

「なら大丈夫か」

ダリアという組員は信頼が厚いようだ。

「そういうことだ。まあ抗争中だから素早く終わらせるけどな！」

ゼフと呼ばれている男はそう言うと、アシムに急に襲いかかってきた。

「何！」

素手の子供と侮っていたのだろう、アシムは正面からパンチを受け止めてやった。

「お前ら……サルバトーレ家に手を出したことを後悔しろよ？」

アシムは底冷えするような声音で呟いた。家族の情報まで出して脅してきたのだ、決して許しはしないという努りと、急がなければという焦りが混ざり合っていた。

「あ⁉」

掴んだ手をそのまま捻り、足払いをして地面に背中から叩き付けた。

「ガッ！」

ゼフは一瞬声を出したが、気絶したようで動かなくなった。

取り囲んでいた男たちは何が起きたのか理解できずに固まっていた。そんな絶好の隙を見逃すはずもなく、次々と男たちを狩りとっていく。

「抵抗するのか！　お前の家族がどうなってもいいのかっ！」

最後まで言わせず、顔面に拳を叩き込む。ものの数分で大の大人たちが地面に転がされていた。

「リオンと言ったな？」

目の前で起こったことが信じられず、固まっていたリオンは自分が話しかけられたことに気付くのに数秒かかった。

「な、なんだ！」

冷静に答えようとしているが、子供でも分かるほど明らかに動揺していた。

「ボスはどこにいる？」

「言うと思うか？」

これでも闇組織の端くれだ。味方を売るわけがないと思っていたが、念のため聞いてみただけだ。

「そうか……」

アシムはそれだけ言うと、リオンにゆっくり近寄った。

◆◇◆◇◆

「あなたが何かしたのですか？」

エアリスが目の前に現れた女に問う。

「あなたに喋ると思う？」

と答えながら、女は楽しそうに〝本〟をいじくり回している。

「そ、それは！」

「あら、知っているの？」

女は今の絶対的有利な状況を楽しむように笑う。

「禁書……」

そう、あのデュラム家が使った禁書に似ていた。細かい装飾などは違うものの、あの独特で嫌な力を本から感じる。

「そうよ～！　驚いた？　禁書を知っているなら、これがどれだけすごいか分かるわよね？」

「そうね、ちょっと〝面倒〟ね」

「面倒で済むかしら？」

女はエアリスの言葉を、ただの強がりと捉えた。

「いいわ、相手をしてあげる」

エアリスはそう言うと、挑発するように手首を曲げて、かかってこいと誘う。

「あら、余裕があるようには見えないけど大丈夫〜？」

女はニヤリと笑うと、腰から下げていた剣を引き抜く。その妖艶な動きに女を感じるが、今は死神の誘いにしか見えない。エアリスも鍛錬の時に持っていた木刀を構える。

「眠かったら、おねんねしてもいいのよ？」

お返しとばかりに挑発をしてくる。

「おばさん臭くて眠れないわね」

明らかに女の機嫌が悪くなった。

「子供は、いたずらでもなんでも許されると思ってるのかしら？」

「私にお仕置きでもするつもり？」

「ふふっ！　そうね！　お仕置き、いいじゃない！」

「サルバトーレ家の子守りは甘くないわよ？」

「あら、じゃじゃ馬さんなのね！」

女は不意を突くように一気に間を詰めてきた。しかしエアリスは、女の踏み込みに合わせてバックステップを踏む。

「甘ちゃんね！」

女はその行動を見て、逃げ腰の動きだと思った。それもその通り、後ろに下がってもそのまま間を詰めてしまえばいいのだ。

女はスピードに自信があった。しかし、エアリスは真後ろにステップを踏む。

「はっ！　甘ちゃんだね！」

そのまま突き刺すように剣を出す。

「サルバトーレ家は甘くないですよ？」

低く突っ込んだとはいえ、エアリスは小さな子供、少し膝を曲げるだけで簡単に下を取った。

それと同時に横へスライドする。しかし、それだけではエアリスが相手の攻撃範囲を脱けたわけではない。

女が勝ちを確信して嘲笑を浮かべる。

しかし、エアリスの目的は攻撃を避けることではない。相手の側面を取れれば十分だった。

「さすがに正面はきつそうなので！」

といっても女から見れば正面なのだが、エアリスとしては十分だった。

剣が間合いに入った瞬間、横から叩くように剣を振る。正面からだと木刀が負けてしまうのは目に見えている。

「はっ！」

いまだ剣の軌道上にエアリスはいる。女は力で押し込もうと勢いを殺さないで、そのまま突っ込む。

しかし次の瞬間、女は地面に叩き伏せられていた。

「ガハッ！」

息が詰まるほどの衝撃に女は動けなくなる。エアリスは剣を絡ませるように回し、相手の重心を崩したのだ。

「甘ちゃんですね！」

女はそのまま気を失った。

だが、戦いに勝ったはずのエアリスも膝をつく。

「うっ！　これが禁書の力？」

日頃の鍛錬で寝起きでも戦えるようになっていたので、強烈な睡魔を抑えながらなんとか意識を保っていた。

エアリスは禁書を取るために女に近づく。

「っ！！」

殺気を感じて後ろにどうにか飛びのいた。禁書のせいか、いつもより動きが鈍い感じがする。

「それを避けるのか……」

エアリスが先ほどまで立っていた場所には、小さい刃物がいくつか刺さっていた。

エアリスを襲撃した人物は顔を布で隠していたが男のようで、倒した女と同じような服装をしていた。

「まだいたの！」

正直、エアリスはかなりギリギリだった。禁書を早く閉じてしまわないと膝から崩れ落ちそうで、意識を保っているのが奇跡だった。

（まだよ、私が倒れたらダメ！）

この屋敷で意識を保っているのは、おそらく敵とエアリスだけだろう。

（使用者が平気なのは分かるけど、この男が平気なのはなんで？）

エアリスは疑問に思う。

影響を受けない方法を敵側は知っているのではないか？　そして、今まで見たこともなかった禁書がこうも立て続けに現れるのは、何か理由があるのでは？

しかし、それ以上は頭が回らず、敵の分析もままならない。

「外面はどうにか保ってるが、内心キツそうじゃないか？」

男の声は冷徹に、そして確実に目の前の獲物を仕留める意思を放っている。

「試してみる？」

「小娘……とは言わないぞ？」

男は油断をしていなかった。

（結構ヤバいかもしれないわね）

向かい合う２人。

得物の差も身体的状況も油断のなさも、全部が男の絶対的優位を物語っていた。

（それでも！）

「いい目だ」

エアリスは背筋がゾクッとした。鋭利な刃物を首筋に突き付けられたような冷たさが、身体を包み込む。

（時間を稼ぐ！）

エアリスはこの男に勝つのは無理と判断し、時間を稼ぐことだけを考える。

男はゆっくりと間合いを詰める。先ほどの敵とは違って、受けに自信があるようだ。

（厄介ね）

後手に回っても切り返せる技術を擁するということだ。間違いなく実力者である。

お互いの間合いに入った瞬間、切り結ぶ。エアリスは正面から受けないように必死に受け流す。

「時間稼ぎか！」

エアリスは答えない。態勢を上手く入れ替え、相手が自由に剣を振り回せないようにする。

「これほどとは！」

　男はエアリスの技術に驚いていた。体力的に限界に近いはずなのにこの動き、男からすれば将来が末恐ろしいほどだ。

しかしエアリスはまだ子供。大人の力を上手くいなしていたが、さすがに受けきれなくなってきていた。

「ここまでのようだな」

男は今までの攻撃とは違い、大振りの強打を叩き込んでくる。

「っ！」

エアリスはなんとか受けるものの、ついに木刀が折れてしまった。

「終わりだ！」

凶刃がエアリスの喉元へ向かって放たれた。

動きの鈍くなっていたエアリスが一瞬だけ加速し、ギリギリで刃をかわした。

「ほう、さすがに驚いたぞ」

「はぁはぁはぁ」

間一髪での回避。

しかし、もう武器は持っていない。逃げれば家の中の人たちがどうなるか分かったものではない。

「大人しく捕まってもらおうか?」

「捕まる?」

「ああ、そうだ。理由は話さんがな」

「そう」

捕まっても、いいことはなさそうだ。ここは相手の要求は飲めない。

「どうやら無駄のようだな!」

一瞬だった。これまでのスピードからは想像もつかない詰め方をされた。

「がぁっ!」

エアリスの腹に蹴りが突き刺さる。なんとか後ろに飛び衝撃を和らげるが、ダメージは大きい。

「しぶといが、無駄だ」

男の言う通り、エアリスは次の攻撃を避ける力は残されていなかった。

「ん？」

エアリスは最後まであがこうとなんとか身構えるが、男が何かに気付いた。

「ふん、この屋敷では子供が兵士をしているのか？」

「エアリスさん！　大丈夫ですか！」

「ユーリ君！」

そこには、数日前に紹介された男の子が立っていた。ユーリは急いでエアリスに近づき、男の前に立ちはだかる。

男は言葉をかけることもなく襲いかかった。ユーリはどうにか受けるものの、やはり大人との力の差は歴然だった。

「少し誤算だが、問題ない！」

ユーリは迫りくる男に対して、じりじりと下がるしかなかった。

「ユーリ君、逃げて！」

エアリスが叫ぶが、ユーリに逃げる様子はない。ついに追い込まれたユーリに、容赦なく剣が突き出された。

「がはっ！」

必死に回避したものの、腕を切り裂かれてしまった。

「今ので捉えたつもりだったのだがな。いやはや、ここの子供たちは只者《ただもの》ではないらしい」

男は必殺のタイミングを捉えたと思った当てが外れたことで、忌々《いまいま》しそうに呟いた。

「まあいい。だがもう終わりだぞ？」

すると、別の方向から声が聞こえてきた。

「ふん、やっと追いついたか」

黒ずくめの集団が現れた。側で倒れている禁書を使った女を横目で見ると、悪態をつく。

「アイツめ！　1人で突っ走るからこうなるんだ！」

どうやら女は単独行動だったらしい。

「さっさと片づけるぞ！　周りに感づかれる！」

男たちはユーリに向かって、剣を構える。

「くそっ！」

ユーリはどうやって逃げるか考える。この人数差で手負いのエアリスを庇《かば》いながら逃走するのは、絶望的に不可能だ。

しかしユーリに残された手は戦うか逃げるかのどちらかを選び、時間を稼ぐことだけだった。逃げる場合はエアリスを置いていくしかない。そうしなければ、すぐに捕まってしまい時間稼ぎにもならないだろう。

戦う選択肢を選んでも、持ったとしても1分程度だろう。

「何もないのか！」

相手に聞こえない声で悪態をつくが、状況は変わらない。

「それじゃあ大人しく捕まってもらおうか！」

黒ずくめの集団がこちらに間を詰めた瞬間。

「ん？」

またも男が何かに気付く。

「よいしょーーーーーーー！」

相対する者同士の間に〝空〟から何かが落ちてきた。

それは轟音を立てながら地面を削り、砂埃で視界を覆い尽くしながら止まった。

「僕の家族に何してくれてるの？」

アシムがちょっとしたクレーターを庭に作った瞬間だった。

◆◇◆◇◆

禁書と気絶している女を回収した男は、突如現れた人物に困惑する。

「失敗したか……」

この子供は今回の作戦の重要ターゲットだった。人数もかけておいたはずだ。だがこうして目の前に現れたということは、作戦が失敗したことを示していた。

男は焦っていた。今回の作戦を失敗することは許されない。自分たちの縄張りでは自分たちがルールでなければならない。

例え相手が貴族であろうと、組織が優位に立たなければならないのだ。

◆◇◆◇◆

「やってくれるじゃないか……」

倒れているエアリスと、頑張って戦ったであろうユーリを見る。

「覚悟しろよ？」

脅しを込めてすごむと、周りの男たちは息を飲んだ。

「き、禁書を開け！」

1人がそう叫ぶと、閉じていた禁書を男が開く。

アシムと戦ったことのない男たちだったが、アシムに潜む〝何か〟を敏感に感じ取っていた。

「我が名の元に――」

男が何やら呟いている。禁書を使う時の呪文なのだろう。さすがのアシムも後ろ側にいる敵にすぐ攻撃を加えることはできなかった。

「うっ！」

ユーリが膝をつく。エアリスはその横で気を失っていた。

「効かない！」

何も変化を見せないアシムに驚いた男たちだったが、説明してやる義理はない。

これ以上長引かせるのに意味はない。それに、アシムはあるものが気になって仕方なかった。

(この騒ぎはまだ広まってないよな？　つまり、このまま秘密裏に解決してしまえば禁書が手に入る！)

禁書がとても気になっていた。自分に似た力ということもあり、一度触ってみたかったのだ。

「王様にまた取られる前に！」

本音と共に男たちに襲いかかる。向こうも警戒は怠っていなかったようで、しっかり反応してくる。

「ぐっ！」

しかし、アシムは苦も無く次々と倒していく。

（さすがに一撃とはいかないか）

この集団は酒場にいた連中よりも強いらしく、フェイントなどを織り交ぜないと倒せなかった。

（スピードだけで圧倒は無理か）

剣技だけで見ればエアリスの方がまだまだ上だ。そのエアリスが弱っていたとはいえ、倒されてしまう男が相手にはいる。

「この！」

勝てる自信はある。剣技だけでなく、魔法も織り交ぜているので隙はない。

「逃げるな！」

集団に手こずっている間に、禁書を持っている男が逃げ出した。

「くそっ！」

せっかくの禁書を逃がしてたまるかと〝無意識〟に神聖魔法を放ってしまう。

「あ！　やべっ！」

人間相手に使ったことがないので、途中で気付いて慌てて止める。

「ぐぁ！」

しかし黒い魔法に当たってしまった男は、苦しげにその場にうずくまる。

その瞬間、自分の中に何かが入ってきた。

「なんだ、これは……」

男の記憶だった。

生まれた頃から始まって、組織に入っていろいろあったらしい経験がフィードバックされる。

一瞬のことに動揺したが、相手側も混乱したようで固まっていた。それと同時に禁書の存在を感じ取れるようになっていた。

「……共鳴した？」

◆◇◆◇◆

「……それで失敗に終わったというのか？」

がっしりとした体型に、長い髪を後ろに結んだ髪が特徴的な男が怒っている。

「は！　今回のターゲットであるアシム・サルバトーレにやられました！」

「子供1人……とは言わん。負けて当然だ！」

「負けて当然ですか？」

先ほどから怒っている人物は、この組織モーリス一家のボス、ライゼン・モーリスである。

頭を抱えながら呆れたように、ため息をついた。

「あれほど調査結果を待てと言っていたのに、これとはな」

ライゼンは遊郭を根城にするほどの遊び人だが、慎重な性格でもあった。

側に置く女は長年の信頼を築いた者たちだけで、新参者は簡単に抱え込まない。組織の組員も自分の目で見て、信用した者にしか権限を与えない。

「アシム・サルバトーレ。奴がデュラム家を潰した張本人だ！」

報告に来た男は、何を言われたのか理解できなかった。

「これは確かな筋の情報だ。そしてアシム・サルバトーレは、将来独立を約束された貴族だ」

「独立！」

男はその言葉を聞いて、信じられないと自分の耳を疑った。

「お前なら分かるだろ？　家を継ぐのではなく、独立を許されている貴族だ」

少し間が空き、ポツリと声が漏れる。

「王家のお気に入りということですか？」

「そうだ。どこぞの派閥に影響を受ける前に王家が抱え込んだということだ」

「それはもう……」

「そうだ。将来は王の下につく新公爵ということだ！」

「こ、公爵……」

男は自分たちが何をしでかしてしまったのかを、ようやく理解した。

「サルバトーレ家当主の名前で消しているが、紛れもない事実だ」

アシムには伝えられていないことだが、貴族の家から独立を許される貴族というのは、貴族を束ねる者と認められたようなものだった。

「王家が動くということですか？」

「いや、どうにか交渉した」

「応じてくれたのですか？」

王家が抱え込む者に手を出したのだ。これで許しては王家の威光に傷が付くだろう。

「条件付きだ」

「条件？」

やはり、何かしら身を切らなければ許されないようだ。

「アシム・サルバトーレの許しを得ることだ！」

「ほ、本人にですか？」

それはとても難しい。いきなり家族を襲われた人間が相手を許すはずはなかった。

「ああ、そうだ。できなければ極刑だ」

「きょ！　極刑！」

王家は簡単には許すつもりはないようだ。しかし、これはアシムに功績を上げさせるチャンスでもあるとも考えたらしい。

「逃げることは許されんぞ？　今俺たちは王家の〝鷹〟に監視されている」

「鷹ですか……」

男は絶望したような顔で俯《うつむ》く。闇組織の者なら知らない者はいないであろう有名人だ。闇を葬る鷹。この者と対峙した組織の人間で、生き残っている者はいない。これが、闇組織が助長しない枷になっているのだ。

「それに、アシム・サルバトーレも化け物だぞ？」

「確かに、この目で見ましたが尋常ではありませんでした」

男は、去り際に見たアシムの異常な黒い魔力を思い出して首肯《しゅこう》した。

「アシム・サルバトーレを探せ！　ここに来た場合は何もせず通せ！」

頭を抱えたライゼンは、生き残るために最善を尽くすのみだった。

8章　アシムの実力

闇組織の人間を追っていたら、なぜか豪華な部屋でもてなしを受けていた。

「アシム様、お注《つ》ぎいたします」

「あ、ありがとう」

綺麗なお姉さまに面倒を見てもらい、むさ苦しい男が目の前で土下座をしている。

「何卒ご容赦を！」

なぜこうなったか理解はしている。

王家、たぶんシャルル姫が気を利かせてくれたのだろう。アシム的には王家にバレる前に禁書を回収したかったが仕方ない。

「そう言われても、家族を襲った奴を簡単に許せると思う？」

綺麗な女性にお世話をされて嬉しいが、不快でもあった。

自分の身内が危険な目にあったのに、これで手打ちにしてくれと舐められているようだった。

「それに関しては、私の監督が行き届かなかった責任でもございます！　この身にできることなら何でも致しますのでどうか！」

必死の懇願である。

ここまでお願いされれば少しは不憫に思ったりもするが、それとこれとは話が別である。

落とし前はキッチリつけてもらわなければならない。

「責任を取るのはお前1人か？」

「アシム様が望むのであれば、私のできうる全てで償いたいと思っております」

「それは組織の長としてか？」

「無論でございます！」

いかにも裏の人間ですというような風貌と言葉遣いに違和感があるが、必死なのは伝わってくる。

「そうか。しかし僕の家族を狙った〝敵〟を許すつもりはない！」

この長が使えるか見極めることにした。このまま言葉通り受け取るなら、それまでだ。

「敵になるつもりはございません！　過去がそうであっても、これからは味方でありたいと思っております！」

「ほう」

正直、感心した。言葉から相手の望んでいることを敏感に感じ取り、交渉を行える人間はなかなかいない。

「味方になると言うが、襲ってきた相手と肩を並べられると思うか？」

「肩を並べるなど滅相もございません！　許していただけるなら、アシム様の下につかせていただきたいと思います」

「どういった形で？」

貴族の下につくという形は二通りに分かれる。闇組織としてズブズブの関係になるか。私兵団として公の組織になるか。

「アシム様の思うがままに」

完全服従を誓うらしい。

闇組織として抱え込むのも魅力的だ。だが後ろ暗いこともさせられるが、バレた時に失脚間違いなしだ。なので、もみ消せる力がないと闇組織としては抱え込めない。

いっぽう、私兵団として抱え込んでも今まで通り縄張りの支配は続けられる。貴族の私兵団としてなので、悪いことは一切できないが評判はうなぎのぼりになる。

「分かった。なら僕の私兵団として下につけ！」

「は！」

「問題のある兵の処分はお前に任せる！　団長として励め！」

「ありがたきお言葉！」

アシムが抱え込むということは、実質の手打ちだ。

「それじゃあ、あれをもらおうか！」

アシムは手をワキワキさせながら、それを要求した。

◆◇◆◇◆

ライゼンは組織の幹部を集め、会合を開いていた。

「貴族の犬になれだ？　ふざけんなよ！　そんな舐められていいのか⁉」

頭を剃って刺青を入れている男が、怒号をあげる。

「鷹が動いた」

「上等じゃねえか！」

「敵対したいなら勝手にしろ！　これは決定事項だ。意見を許した覚えはないぞ？」

ライゼンが集まった一同を見渡すと、静かになった。

「いいか？　異議は認めん！」

ライゼンの有無を言わさない言葉に、誰も反応できない。

「分かったなら解散だ！　ユルゲン、お前は残れ！」

ボスの一言により散り散りになる。部屋にはユルゲンとライゼンの2人きりになった。

「ギュスタブが不満そうだったが？」

「無理やりにでも言うことを聞かせろ」

「最近のギュスタブの行動を見ると、無理そうだぞ？　今回の襲撃命令もあいつが勝手に出したからな」

最近の行動は目に余るものがあった。実力があっただけになかば許していたが、今回のようなことが起きるならば早めに粛清しておくべきだったと、ライゼンは後悔した。

「もし歯向かうようなら消せ」

「そんなに切羽詰まった状況なのか？」

「ああ、今回は洒落にならん。王家に目をつけられているからな」

「鷹か……抵抗はしないのか？」

組織としてのプライドはどうすると、ユルゲンは聞いている。

「未来の公爵を敵に回してしまったからな」

ユルゲンはまだその報告を聞いていなかった。それだけギリギリのタイミングで手に入れた情報だったのだ。

「どういうことだ？」

「アシム・サルバトーレを知っているな？」

「今回のターゲットの1人か」

「そいつは王家のお気に入りだ。将来公爵を約束されている」

「何？」

「この間のデュラム家の国家反逆の件だが、親の名前を使って隠しているが解決したのはその子供だ」

「なんてことだ」

将来とはいえ、公爵（国のお気に入り）を敵に回せば国は絶対に許さないだろう。

一族打ち首となっても仕方がない。この組織に所帯を持っている人間は結構いる。仕事の性質上、事情を知っている遊郭の女と結婚する者がほとんどだが、大事な家族なのは変わりがない。いや、むしろ社会の闇を知ってる者同士、余計に絆が深いかもしれない。

「だからだ。今回は誰一人として勝手は許さん！　もしもが起こったら、分かっているな？」

ライゼンはユルゲンの目を真っすぐ見つめる。

「分かった。処分は俺がしよう」

「任せたぞ。場合によっては俺も動く」

「そうか」

組織のボスが直接処分に動く。それが、今回の件の重要性を物語っていた。

◆◇◆◇◆

「ふふふ！」

アシムは本を片手にニヤついていた。組織が持っていた〝禁書〟を奪い……譲り受け早速いじっていたのだ。

「共鳴……」

先日、神聖魔法を使用した時に感じたことを確かめてみる。黒い魔力が本を包み込み、感覚的に理解する。

「お前は神聖魔法の残り滓《かす》みたいなものか？」

自分の魔法と比べると、ひどく劣化しているように思える。外側の形だけ残っており、中身がないのだ。

「そうか、この型を元に魔力を送って発動させるのか」

この禁書はあくまでアシストの役割を担うだけで、使用するには相応の魔力が必要になるようだ。

「溜めることができるのか。なるほど、だからか」

この禁書を使用するには大量の魔力が必要になる。魔力量に自信のあるアシムでさえ遠慮したい量を吸い取られる。

しかし魔力は溜めて使えるようなので、長い期間をかけてコツコツ溜めたのだろう。

「これは危険だな」

試しに魔力を込めてみたら、一気に引っ張られる感覚があった。

「コントロールが難しいな」

魔力の操作には自信があったので、禁書に流す量を調整する。

「次は神聖の魔力だけを流し込んでみるか」

共鳴を起こしたぐらいだ、相性がいいに決まっている。最初は警戒しながらゆっくり流し込んでみる。

抵抗や、余計に引っ張られるような違和感はない。

「やっぱり相性がいいんだ」

さらに流し込むと、普通の魔力よりも少ない量ですぐいっぱいになった。

「普通の魔力だと燃費が悪いのかな?」

神聖魔法を元にしているのだから、相性がいいのは分かる。魔力を流した感じだが、上手く扱えるのではないかと思う。

「神聖魔力を持ってない人にも使えるんだ、僕も使えるだろ」

むしろ効率よく使える気がする。

「魔物に試すか」

人に向かって使うのは怖すぎるので、手ごろな魔物を探すことにする。家を出ようとした時にメイドのエリゼに呼び止められた。

「アシム様！　お客様がいらっしゃっています」

「ん？　今日は誰とも約束していないはずだけど？」

アシムの独立は表沙汰にはなっていないものの、一部の貴族は既に情報を掴んでおり、たまに縁談を持ってくることがあった。

「いえ、本日はまた違った方のようで。ギュスタブという方です」

「ギュスタブ？　貴族の人？」

「いえ、例の組織の人です」

その一言でアシムは理解する。

「もしかして、もう出てきちゃったかな？」

「出てくる……ですか？」

「ああ、エリゼも無関係というわけではないのか」

元はエリゼとユーリを巡って起こった争いだ。

「じゃあ話してくる」

「いってらっしゃいませ」

客間で待っているであろう人物のもとへ向かった。


「ギュスタブさんでいいのかな?」

「ああ」

態度の悪い男がソファに座っている。

「それで本日はどんなご用で?」

「やめろ」

「何を?」

いきなりやめろと言われても困る。できれば主語を付けてほしかった。

「私兵団にすることをだ!　舐めんじゃねえぞ!」

ギュスタブの癇《かん》に障ったらしい。怒って怒鳴り散らしてきた。

「これまた……いいかい?　君たちは組織として負けたのだよ?　その責任を取らされている

のを分かっているのかい？」

　こちらは勝った側だ、なぜ相手の要求を呑まなければならないのか分からなかった。

「俺たち闇の人間はな！　舐められたらお終いなんだよ！　今どんな状況か分かってんのか？」

「さあ」

　からかうようにとぼける。あちら側の事情など知ったことではない。そもそも、こちらのことを食い物にしようとする方が悪いのだ。

「ダイン一家と抗争中なんだよ！　縄張りを奪われてもいいっていうのか！」

　貴族には正直関係ないことなのだが。縄張りが変わろうと、国に払う税は変わらない。

「貴族に闇組織のことを気にしろって？　バカなこと抜かすなよ？　サルバトーレ家に喧嘩売っといて、負けたら都合が悪いから関わるなって？　そっちこそ舐めてんのか？」

　ギュスタブが最初に威圧をかけてきたことなど子供のお遊びのように感じるほどのプレッシャーを、アシムが放つ。

「うっ」

　ギュスタブは何かを言おうと思ったのだろうが、雰囲気に呑まれ言葉が出てこないようだ。

「まあいい。お前みたいな奴が出てくることなんて予想できていたからな」

「な、ならどうする?」

ビビッてはいるものの、闇の人間としての矜持《きょうじ》は守る覚悟を決めているようだ。

「俺がもうひと働きしてやる! ダイン一家との抗争に勝ってやるよ」

「そ、それは……」

「もちろんサルバトーレ家の力だけでな! 闇組織2つに勝ってまさか文句言うわけないよな?」

私兵団を持たない貴族が闇組織に勝つなど、到底無理だ。だが今回ギュスタブたちは負けた。その結果がこの言葉に重みを持たせていた。

「それでも敵対したいと言うなら好きにしろ」

「お、おめえが2つの組織を牛耳るなら認めてやる!」

ギュスタブは必死に取り繕っているが、完全にタジタジになっている。

こちらとしてもエリゼにちょっかいをかけている相手なので、そのままというわけにはいかなかった。

「分かったならさっさと行け!」

ギュスタブを追い出し、アシム自身も早速動き出す。戦場で戦うアダンをも凌駕する気迫を放ちながら。

「ハァハァ……アシム！　なんて凛々しいの！」

扉の向こうに息を荒げながら座り込む姉がいたことに気付いていたが、恐ろしくて声をかけられなかった。

「よし！　行こう！」

心なしか歩調は速かった。

◆◇◆◇◆

「ライゼンはいるか？」

アシムが名指しで指名するが、組織の組員らしき男は理解できていない反応だった。

「ああ？　なんだ。このガキ！」

「や、やめろ！　話聞いてないのか！」

「あ？　何が？」

「お前は人の話を聞かないから！　俺たちの新しいボスだ！」

「は⁉　聞いてないぞ！」

「聞いてないお前が悪い！　とにかく今は何も言うな！」

事情を分かっている隣の男が、最初に応じたはげ頭の男を軽く叩いて黙らせた。

「通るよ」

「ど、どうぞ！　ライゼンさんは2階の一番奥の部屋にいます！」

何事もなく遊郭の中に入っていく。通り過ぎる時に男たちの会話が聞こえてしまったが。

「あいつ、そんなにヤバいのか？」

子供にペコペコする同僚に驚いたのだろう。

「ああ、化け物だ。俺はあの場にいたからな」

「そんなヤバいのか……」

組織の中でどう伝わっているか分からないが、化け物と思う奴がいるらしい。

アシムは言われた通りに2階の奥の部屋へ向かう。途中でお姉さま方に悪戯されながらも、なんとか部屋に辿り着いた。

「こ、ここは魔境か！」

扉をノックして中に入る。

「あ⁉　なんだ、てめぇか」

敗戦の将とは思えない態度で迎え入れられた。組織の助命を請うてきた時とは全然態度が違うが、こちらの方がやりやすい。

「ダイン一家のボスに会いたい」

「殴り込みか？　やめとけ、1人じゃ無謀すぎる」

「つい最近、闇組織を倒したから大丈夫だ。安心安全の実績だろ？」

「チッ！　ガキの癖に何も言えねえじゃねえかよ」

実際に打ちのめされただけに、何も言えないのだろう。

「ムール酒場を境界に今抗争中だ。ダイン一家の情報は入ってこねえよ」

敵にボスの居場所を知られるわけにはいかないのだろう。

「だが、奴がよく行く店がある。もちろん奴らの縄張りだがな」

「そこでいい」

「本当に単独で行くのか？　何人か連れていくか？」

「そんなことしたら争いになるだろ。それにギュスタブを納得させるためだからな」

「チッ！　アイツ、何をやってんだ」

ネルソンがギュスタブを制御できていないと知り、ライゼンが苛立つ。

「ああ、ギュスタブを罰しないでくれよ？　今回勝負を受けたのは僕の意思だから」

ここで何か罰されたらギュスタブから不満が出そうなので、釘を刺しておく。

「舐めた真似して放っておけっていうのか？」

本当に何か処分を下すつもりだったらしい。

「そうだな、僕もお前も舐められている」

「なら！」

「お前も舐めてるのか？」

「あ？」

「お前も俺を舐めてるんだろ？」

凄むわけでもなく淡々と言い放つ。ライゼンはアシムに対して底冷えするような感覚を抱く。

しかし次の瞬間にはアシムは笑顔になり、柔らかい雰囲気に戻る。

「これが僕の強みさ。相手が舐めてかかってくれる。まあ結果で答えを示すから今は見ててよ」

「わ、分かった」

「それじゃあね！」

ダイン一家のボスがよく現れるというお店に向かうべく、外へ出た。

「エリゼとユーリのためなんだけど、まあついでかな」

自分の傘下に入った組織の面倒を見るのは普通だと思うので、ここでトップの実力を見せておくのもいいと思った。

◆◇◆◇◆

「ガキがこんなところに何の用だ？」

ライゼンから聞いていた賭博場に来た。

「アシム・サルバトーレだ。話がしたい」

「貴族のボンボンか？　帰りな！　ここに母ちゃんのおっぱいはないぞ？」

周りに座っている部下らしき男たちがバカにして笑う。こんなことで動揺はしないが、相手に会えないというのは少々面倒だった。

「話す気がないならいい。エリゼは諦めろ、彼女に手を出すなら潰すぞ？　それだけだ、じゃあな」

「待て！」

一番奥のソファに座っていた偉そうな人物が、声を荒げる。

「話をしようじゃないか」

そう言うとソファの横にある扉を開けて、中に入っていった。周りに止められることもなくあとを追っていく。

「座りな」

ボスらしき人物の対面に座る。護衛なのか、屈強な男が2人後ろに控えている。

「それで？　エリゼのことをなぜ知っている？」

「エリゼをサルバトーレ家で雇ったからな。情報は聞いている」

「ちっ！　本人からか」

「それでだ、さっきは要求を一つしか言わなかったがもう一つある」

「なんだ？」

子供相手にムキになることがかっこ悪いと思っているのか、素直に話を聞いている。

「モーリス一家との抗争も終わりにしろ。これはサルバトーレ家が預かる案件となった」

「あ？　モーリス家は貴族の犬になったのか？」

「サルバトーレ家の私兵団だ」

「私兵団……」

思うところがあるのか、男は黙る。

「どうだ？」

「この俺がダイン一家のラビオ様だと知って言っているのか？」

「お前がボスのラビオか。名前は聞いたことあるがな、知らん！」

「ガキが！　貴族のボンボンが調子に乗ってると痛い目見るぞ？」

「こんなところに1人で来てる時点で分かれよ」

ラビオは顔をプルプルと震わせ、怒りを隠せていない。

「やめだ。脅して金でもむしり取ろうと思ったが、お前は俺様を舐め過ぎた！」

そう言うと、後ろの2人へ合図を出す。

「やれ」

護衛の2人は急ぐこともなく、子供を捕まえるだけの簡単なお仕事気分で囲む。

「悪いな、子供だからって許してやれんのよ」

手を伸ばして捕まえようとする。

「触れるな！」

「う！」

突風が起きたかと思うと、手を伸ばしていた男が吹き飛ばされていた。

「魔法！　てめえ！」

もういっぽうの男が魔法を使ったことを警戒して、武器を取り出す。

「答えは分かった。サルバトーレ家を舐めるなよ？」

ソファから立ち上がると、武器を持った男の懐に一気に入った。速さに反応できなかった男は、そのまま投げ飛ばされる。

入ってきた扉を突き破り、賭博場へ転がる。

「全員相手してやるよ！」

6歳児が闇組織に宣戦布告した。


賭博場の男たちに囲まれても、アシムは落ち着いていた。

「ガキにやられたのか？」

地面に伸びている仲間を見て、近くの男がニヤニヤしている。

「貴族様は強いらしいが、この人数を相手に頑張れるかな？」

貴族の教育により、武術が少しできる程度の認識なのだろう。なんというか、いつもの舐め腐ったような視線にも慣れてきた。

「そんな目で見られたら純真な心が腐ってしまうだろ。よし、これが終わったら、ゆっくりバカンスでも行くか」

最近物騒なことばかりで心がやさぐれそうなので、心のケアを真剣に考える。

「ハハハ！　余裕じゃねえか！　安心しな、教会のベッドでゆっくり休ませてやるぜ！」

この世界では教会が病院の代わりに使われている。入院はできないが、治療は教会で行うという形だ。

「はぁ、まあいいや」

むさいおっさんに囲まれていい気もしないので、手でさっさとかかってこいと合図を送る。

男たちは怒りながら襲ってきた。

「ゲハハ！　骨が折れるぐらいは我慢しろよ！」

「なるほどね」

男のその言葉を、拳と共に返す。

「じゃあ僕も、おじさんたちの骨が折れるぐらいはやっていいんだね？」

拳が顔面にヒットした男が、一発で気を失う。そこからは乱闘の始まりだった。

さすがに神聖魔法を使わなければならなかったが、負けるような戦いではなかった。魔法を使う者もちらほらいたが、大したことはない。

死角は神聖魔法の魔力で壁を作り、自分の対応できる攻撃のみに限定させる。

一向に人数の有利差が出ない戦いに、敵も焦りを見せ始めた。

「この！」

焦って数人が同時に正面から飛び込んでくる。そんなことをすれば当然――。

「じゃまだ！」

手を出すまでもなく仲間割れで倒れる者も出てきた。確実に人数が減っていき、残り20人もいなくなった頃、ようやく敵が下がり始めた。

「ば、化け物か！」

「ビビるな！　これだけ魔法を使っているんだ！　そろそろ限界だろ！」

「で、でも……」

勝てないと思う者が出てきて、勢いがなくなる。

「下がれ！」

今まで後ろで見ていただけのダイン一家のボス・ラビオが、前に出てきた。

「おや？　次はボスが戦うのか？」

「そうだな。お前は強い、特別な力を持っているからな」

相手の親玉に認められてしまったようだ。

「だが、まだガキだ。世の中を知らなすぎる」

「何が言いたい？」

何かとんでもない隠し玉を持っているのかと思って警戒をする。

「禁書を使えるのが、お前だけだと思うなよ？」

ラビオは懐から本を取り出すと、それを開く。

すると本が煙となり剣になった。その剣を見て固まってしまった。

「ハハハ！　ビビって声も出ねえか！　ガキにはすぎたおもちゃだってことを大人が教えてやらねえとな！　恨むなよ？」

「か、かっこいい！　いいな、それ！」

本が剣に変化する。その瞬間を見て素直にかっこいいと思ってしまった。最近禁書を見すぎてもはや珍しいという気持ちはなくなってしまったが、新しい側面を見てこの禁書がほしくてたまらなくなる。

「は？」

今度はラビオが固まる番だった。

「練習すれば剣出せるかな」

試しに自分の神聖魔法を使ってみるが、ただただ黒い魔力が出るだけだった。

「くそう！」

「ちっ！　舐めやがって！」

アシムの飄々《ひょうひょう》とした態度にイライラを募らせるラビオ。しかし偽物の力で本物に勝てるはずもない。

それを知らないラビオは剣を振りかざして、切りかかってくる。それを簡単にねじ伏せる。

似た魔力のため、干渉しやすい禁書は対処がしやすくなってきた。

「な、なん……」

言い終わる前に拳で沈められ、ラビオが沈黙する。もう襲おうとする者はいなかった。

「闇組織の最終兵器として流行ってるのか？」

ラビオの手から本に戻った禁書を奪い取り、使ってみる。

「あっ！」

なんと本がボロボロと崩れてしまった。

劣化が相当進んでいたのだろうが、楽しみにしていただけにガックリきてしまう。

「まあいいや。オイ！」

先ほどから固まっている男たちの1人に声をかける。

「ひっ！」

「化け物を見るような反応しやがって。お前たちのボスが起きたら伝えろ！　サルバトーレ家のじゃまにならないように気を付けろとな！」

実質サルバトーレ家の言うことに逆らうなという意味だった。この組織を潰すつもりはない。潰したところで他の組織が入ってくるのが関の山だし、サルバトーレ家はモーリス一家を私兵団として鍛えるので忙しい。

将来的に取り込むのもいいが、今ではない。

その場を去る。これでこちらの要求を呑まなかった場合は、本気で潰しにいくだけだ。

「終わったぞ」

物陰で様子を〝見せていた〟ギュスタブに声をかける。

「あ。ああ……」

生返事が返ってきた。

新しく頭となった人物の実力を目の当たりにして、ショックを受けたようだ。

アシムは何も言わずにギュスタブを連れ、帰路につく。ライゼンのいる建物まで送って、そのままついてこようとするのを阻止した。完全に心ここにあらず状態だった。

◆◇◆◇◆

「ギュスタブ、どうだった？」

ライゼンはギュスタブを部屋に招き入れ、質問する。

「あれはヤバい」

「ヤバい？」

「ああ、とにかくヤバい」

何を見たのか語彙力を失っていた。

「分かったならいい。もう逆らうなよ？」

ライゼンはギュスタブの反応を見て、自分の判断は正しかったと再認識したのだった。

外伝　シャルル姫の逃避行

緑が深い森に挟まれた一本道を、装飾が施された立派な馬車が走る。ガタゴトと揺れる箱の中で、一人の少女が寝息を立てていた。

その幼い顔に親譲りの大きくてクリッとした目、将来は男共を振り返らせる絶世の美女になること間違いなしの王女、シャルル姫だ。

王族としてきちんと教育されており、学園でも成績は常にトップだ。ただ、戦闘能力がからっきしなので、自衛の部分では不安が残る。

現在は、公務というお見合いを終えて、王城がある王都へ帰る真っ最中である。

途中で盗賊に襲われるというアクシデントがあったが、なんとか撃退をしてもうすぐ森を抜けるところまで来た。

馬車の扉の前に人の気配が現れる。誰かが報告に来たようだ。

「シャルル様、リーゼロッテ副団長、ご報告がございます」

「私が外に出る。待っていろ」

リーゼロッテは自分の膝を枕に眠っていたシャルル姫の頭をゆっくり持ち上げ、下にクッシヨンを入れて枕代わりにする。

「なんだ？」

「報告します！　10分ほど進んだ先にオークの群れを発見しました」

「数は？」

「20匹です」

「そうか、女性が捕まっている可能性もある。追い払って住処まで追跡するぞ」

「はっ！」

オークは洞窟などを住処にしており、場合によっては大規模な群れになると集落を作っていたりする。その群れには人間の女がよく連れ去られ苗床にされるので、放っておくことのできない魔物なのだ。

20匹という数は多いが集落を作るほどではないので、リーゼロッテは騎士団で殲滅が十分可能であると判断した。

「見えてきました！　先ほどより数か増えています！」

「森の中に隠れている奴らはいるか？」

「数匹ほど」

あちらも何かを感じ取ったのか、群れ全体で出張ってきたようだ。ということは人間が捕まっていることは、ほぼないと見ていいだろう。

「しかし、この数のオークに気付かないとは、あとで公爵に抗議を入れねばな」

「このまま放っておけば集落になりかねませんね」

部下であるドミニクの言葉に頷き、リーザロッテが指示を出す。

「では殲滅に入れ」

「はっ！　第1から第4部隊で周りを囲め！　残りは正面から叩くぞ！」

各部隊の小隊長たちが連携して指揮を執り、オークの群れの殲滅に取りかかる。オークは数を40匹近くまで増やしていて、苦戦が予想されるが勝てる範囲なので戦闘に移行する。

「攻撃開始！」

反撃されると騎士団にも犠牲が出るので、最初から最大火力で殲滅する。オークの耐久力は侮れないが、一斉攻撃により反撃の隙を与えないようにする。

しかし、このまま全滅させられると思っていた矢先、森側に陣取っていた部隊が騒がしくなる。

「オークだ！　森からオークが出てきたぞ！」

「ドミニク？」

どうやらオークが森から挟み撃ちを仕掛けてきているようだ。

「森のオークは、別の部隊に迎撃に向かわせたのですが……」

「報告は？」

「ありません」

それはつまり、森の中に入った部隊から帰ってきた者がいないということだ。オークが森から出てきているということは、中に入った騎士団員はやられてしまった可能性が高い。

「引かせろ！　このままでは囲まれてしまう」

オークの増援は予想外だった、事前に斥候を放って周辺を調べさせているが、それでも発見できなかったということは、オークを統率する存在がいることを示している。その存在とは――。

「オークジェネラル、もしくはオークキングか……」

オークジェネラルならばまだ逃げ切れるかもしれないが、オークキングの場合はその知能の高さゆえに全滅もあり得る。

「副団長！　後ろにもオークが現れました！」

「何！　私が行く！　シャルル様の護衛をつけろ！」

退路まで防がれるとなると、いよいよオークキングの線が濃厚になってきた。ここは騎士団全滅を覚悟してでも、シャルル姫を逃がす必要がある。

せめて前の村まで辿り着けば、助かるかもしれない。そこからさらにバウアー侯爵のところまで行ければ安心だが、とにかく今はこのオーク共から逃げなければならない。

「いいか、よく聞け！　貴様らの勇姿を見せる時が来た！　我々の王女様をオークの餌食にすれば騎士団ひいては王国一生の恥だ！　魔物に屈服させられた国と罵られることは断じて許さん！　王国への忠誠と騎士のプライドを胸に死ね！　そしてこの国を守った英雄となるのだ！」

リーゼロッテは戦場にこれでもかという怒号を飛ばす。この言葉を聞き逃した者はいないだろう。騎士団員１人１人の顔に覚悟が見て取れる。

騎士はプライドの高い人種だ。だが、そのプライドに見合うだけのことをやってきているという自負もある。

そんな者たちが自国の恥になるなど、許し難いだろう。ゆえに、ここで心挫け、諦める者は誰一人としていないはずだ。

リーゼロッテは馬車へ近づき、扉を開けてシャルル姫に最後の面通りを済ませる。

「シャルル様！　緊急によりご無礼お許しください」

「リーゼ……」

中には既に泣き顔になっているシャルル姫がいた。まるで、これから放たれる言葉が分かっているかのようだ。

「護衛を付けますが、例え1人になろうとも諦めすに逃げてください。村でもバウアー侯爵の元でもいいので、とにかく逃げてください」

「分かったわ。でもリーゼは……」

「私はここで死にます」

この言葉にシャルル姫は涙を堪えきれなくなった。

「ダメ！　護衛ならあなたがすればいいじゃない！」

「私はここでこの大群を始末します。シャルル様、分かってください！　これが最善の方法なのです」

騎士たちは今も激しく戦っている。その中に絶望した顔の者はおらず、みな歴戦の兵士のような頼もしさである。

「そんな……」

シャルル姫も分かっているのだ。どんどん増えてくるオークは前の方から現れるので、後ろのオークを突破したあと、ここを抑えなければ大量のオークに追われることになる。

「それではシャルル様、ご無事で！」

そう言うと、リーゼロッテは護衛に目配せをしてシャルル様を馬車から降ろしてもらう。後ろのオークの方へ歩いていき、シャルル様の護衛が揃うのを見てから殲滅へと移る。

「道は私が開く！」

シャルル姫についている護衛はみな若くて優秀な者たちだ。もしかしたら生き残るかもしれない逃亡に組み込むのは、必然だった。

オークの群れに突っ込み活路を作り出す。数は10匹程度だったので、すぐに割れて逃げるための隙間ができる。

「行け！」

合図と共に、護衛とシャルル姫が駆けていく。

「リーゼ！」

すれ違いざまに名前を呼ばれるが、答える余裕がない。突破口を開いたのはいいが、前線の騎士たちが押され、今にも瓦解してしまいそうだ。

リーゼロッテは後ろを抑えていたオークを10匹斬り捨てると、休む暇もなく前線に加わる。

「魔法部隊はどうした？」

「魔力切れです！　あとは白兵戦のみです」

魔法部隊も剣を抜いているのが見える。ここまでして倒せないほどの数が押し寄せている。この数は異常だ。

「ドミニク！　私は前に出る！」

「分かりました。少ししたらあとを追わせていただきます」

ドミニクの返事は、共に前線に出るという意味なのか、それとも運命を共にするという意味なのか……。どちらにせよ、ここから逃げるという選択肢はなかった。

もう既に壊滅しかかっている前線に加わり、オークたちを倒していく。愛刀から伝わる感触を感じる暇もなく、リーゼロッテは次々に斬り伏せていく。

殺しているかどうかは、もはや関係ない、次々に襲いくるオークの波を掻き分けるように突き進むだけだ。

時間がどれだけ経ったか分からないほどに、オークを斬り続けた。最初は見えていた騎士たちの姿がなくなり、ドミニクの叫ぶ声も聞こえない。

オークは、無限にも思えるほどのおびただしい数に膨れ上がっていた。これではここで足止めをしている意味もなく、既にシャルル姫を追っているオークがたくさんいるはずだ。

だが、ここで剣を止めるわけにはいかない。目の前の1匹がシャルル姫を殺すかもしれない。

とにかく1匹でも多く斬り殺せねばならない。

途中からの記憶はない。気付けばリーゼロッテは、オークに運ばれていた。

どこかの建物に入ったのか、太陽が遮られる。地面に投げ捨てられると、オークの姿が目に入った。オークは腰につけた布を取り払い、リーゼロッテを組み伏せてきた。

「やめろ……」

段々と現実が襲い掛かってくる。騎士という誇りを胸に生きてきたが、オークに慰み者にされる屈辱が最後になるなど耐え難い。

しかし、全身に力の入らない現状では抵抗もままならない。唯一の救いはシャルル姫の為の犠牲になれることだが……。

「離せ、獣ども！」

自然と体が動いていた。どこにそんな力が残っていたのか自分でも分からないが、必死に体を捩り抵抗する。

しかし、オークはそれをあざ笑うかのようにビクともしない。もうダメかと思い、身体の力が抜けた瞬間だった。

「大丈夫ですか？」

目の前のオークが吹き飛び、現れたのは綺麗な金髪をした子供だった。

◆◇◆◇◆

「はぁはぁ……」

「姫様、頑張ってください。夜になればオークたちも引きます」

今、シャルル姫は森の中に入り、必死にオークから逃れようと歩いている。道沿いにいけば村に辿り着けるのだが、オークの体力には勝てないので追いつかれてしまう。

木々が生い茂る中で視界を遮ってくれる森だからこそ、いまだ追いつかれていないと言える。

「また1匹追いついてきました。グウェン！　頼むぞ！」

リーゼロッテたちが頑張ってくれたおかげか、大群が迫ってくるということはなかった。ただ諦めの悪い個体が結構いるらしく、追ってくるオークはあとを絶たなかった。

時には1匹だけでなく、2、3匹が追いついてくることもある。その度に騎士が足止め役として、犠牲になっていく。

その場で戦闘になるということは追いついたオークと戦う時間に、他のオークが追いついてくるということ。1匹2匹倒せばいいわけではなくなるので、その場に全員残って戦うという選択肢は取れなかった。

とにかく時間を稼ぐこと。あわよくばこちらを見失ってくれることを、願うしかない。

「バスタル王国騎士団の名に懸けて！」

グウェンという若い騎士が、犠牲を覚悟でまた足止めを行う。優秀な若手なだけあってオーク1匹ならば勝てるが、その後のことを考えると生き残るのは至難の業だろう。

このようなことが数回繰り返された。最初は才能ある若者を死なせたくない思いで引き留める言葉も出たが、今ではそれもシャルル姫の口からは出なくなってしまった。

ただただ悲しい。オークに捕まる恐怖に、自分を守るために死んでいく騎士……目の前の現実を受け入れたくなくて考えるのをやめた。

とにかく生き残るために無心になった。そんな自分をあとから責めることになると分かっているが、心が受け付けないのだ。

「シャルル様」

残り1人となってしまった騎士が声をかけてくる。

「何か様子が変です。ここに隠れていてください」

騎士の言葉に素直に従い、生い茂った草の中に身を隠す。チクチクするが、木の幹などにもたれて休んでいてはすぐ見つかってしまう。

「少し周辺を見てきますので、絶対にここから出ないでください」

返事をする気力もないので、首を縦に振って答える。小さな動き過ぎて伝わらないかもと思ったが、騎士は認識できたようで頷くと、その場を離れていった。

どれだけ時間が経ったのか分からないが、先ほど去った騎士の足音が聞こえてきた。

「シャルル様！」

重い頭を上げて彼を見る。焦ったような顔で、早口になりながらも小声で偵察の結果を知らせてくれる。

「オークはこちらを見失ったようです」

その報告に希望が出てくる。

「ただ悪いことにまだ諦めていないようです」

「どういうこと？」

自分でも分かるほど、か細い声が出てしまった。その声を聞いて、騎士は苦渋の顔をする。

「……オークはここら一帯を捜索しています。現在周辺はオークが徘徊している状態になっています」

「そんな……」

こちらを見失ってからは広範囲に散らばって探しているようだ。おかげですぐ見つかるということはなくなったが、逃げた先でバッタリ遭遇してしまう可能性が出てきてしまった。

「森の中で動くのは危険ですが、ここに留まっていても確実に見つかってしまいます。少し休んだら出発しましょう」

逃げるのに体力が必要なため、少しでも回復を試みる。逃げきれなくても時間が稼げれば救援も期待できるが、王都からの捜索は早くても明日以降になるだろう。それまで持ち堪えられるとは思えない。

「シャルル様、動けますか?」

5分ほど経っただろうか、これ以上留まるのは危険と判断した騎士が出発を促す。

「大丈夫よ。行きましょう」

ほんの少しの休憩だったが、意外と体力が回復しており動けそうだった。生い茂る草むらから出て歩き出す。

進むにつれて森も深くなり、視界も悪くなる。だがこの状況はありがたかった。こちらの視界が悪いということは、オークたちの視界も悪いということだ。

「止まってください」

声を潜めて待機を命じられ、その場に伏せて目立たないようにする。オークがすぐ近くを通る音が聞こえた。伏せた状態だと周りが見えないので、オークの場所も正確には掴めない。

「もう少し待ってください」

足音が遠ざかったので、顔を上げるために起き上がろうとすると騎士に止められた。

「もう大丈夫です」

しっかりと周りが見える騎士は頼もしい。決死の護衛部隊に選ばれるのも納得だ。

そのあとも、オークを何度かやり過ごしながら進んだ。

「シャルル様。少しお話をいいですか？」

長い間歩いて再び休憩に入ると、騎士から話かけられた。

「ええ。いいわよ」

「日が暮れるまで時間がまだあります。それまでにこの森を抜けるのは不可能です」

「そうね……。夜までこの森で過ごすということかしら？」

「はい。夜の森も危険ですが、オークに探されているよりはマシかと」

「分かったわ。どこか隠れられる場所があったら入りましょう」

「はい」

できれば洞窟などがあると望ましい。そういったところはだいたい魔物の住処になっているが、逆にその魔物を倒すことさえできれば、他の魔物が近づかない場所になるので1日ぐらいは安全を確保できるはずだ。

「では行きます」

「ええ」

騎士が周りを確認しようと顔を出した瞬間、すぐ近くでオークの足音が聞こえた。

「シャルル様、逃げて！」

「きゃあっ！」

先を行っていた騎士が、何かの攻撃を受けて横に吹っ飛ばされた。

「グフォッ！」

オークだ。その醜悪な顔は、獲物を見つけて喜びを上げているように見える。ゆっくりとこちらに近づいてくる。

「嫌！」

このまま捕まるのは想像したくもない。しかし、オークを倒せる騎士が倒されてしまっては、勝てる見込みはない。

「来ないで！」

こちらの恐怖心を感じ取っているのか、オークの顔が笑ったように見えた。必死に動こうとしない足に力を入れて、立ち上がる。

そして倒された騎士の隣まで移動する。このまま1人逃げても捕まる可能性が高い。どうにか騎士に戦闘に復帰してもらわねばならない。

「大丈夫？　お願い、目を覚まして！」

呼びかけても返事はない。叩いて起こそうとしてみるが、やはり意識を失ったままだ。騎士が復活するのを待ってくれるわけもなく、オークがどんどん距離を詰めてくる。

「聖なる盾よ、守り給え」

呪文を唱える。その文言は短いが、力強い聖壁が現れてオークの進路を塞ぐ。

「グオオオ！」

美味そうな獲物を目の前にして邪魔されたことが、気に食わないようだ。この1匹だけなら、1日くらいはこのまま身を守っている自信もあるが……。

「やっぱりそうなるわよね……」

叫び声に反応してオークが集まってきた。

「うっ！」

複数のオークが突破できずにイライラしながら、必死に壁を叩いてくる。だが聖壁はビクともしない。範囲は狭いがその分頑丈になっている。

「やめてぇ……」

弱々しく呟くが、オークの攻撃は激しさを増す。途中から時間の感覚がなくなっていった。1時間なのか、1日なのか……。オークの攻撃を受ける度に体力が削られるのを感じる。もう聖壁を維持できているのかどうかも分からなくなってきた。手の感覚も失われ、諦めたら楽になれんじゃないかと考え始めた。

「もう、いいよね……」

ここまで生きるために頑張った。騎士も全力で守ってくれた。それでも死んでしまうなら、もう仕方ないと思ってしまった。

だが不思議なことに、絶え間なく続いていたオークの攻撃が突然途切れた。

「シャルル様！」

目の前には、死んでしまったはずのリーゼロッテがいた。

「リーゼ……」

——信頼できる友人の姿を見て、シャルル姫は意識を手放した。

◆◇◆◇◆

目が覚めると見慣れた天井が目に入った。頭がズキズキする。

「シャルル！」

名前を呼ばれたので視線を向けると、この国の王妃である母が手を握り涙を流していた。

「お母さま……」

「よかった！　もう目を覚まさないのかと……」

場違いなのだろうが、綺麗な碧眼に金髪が映える様を美しいと思ってしまった。

命の危険があったのだろうと推察はできるが、実感がなかった。こうして母や使用人たちに囲まれているのは、不思議な気持ちだ。

「大丈夫？　お腹は空いてない？　気分は悪くない？」

「大丈夫、ありがとう」

母が心配して声をかけてくれるが、後ろからシスターに止められる。

「王妃様、回復魔法をかけたあと、お薬を飲ませますので」

名残惜しそうに母は離れる。入れ替わりでシスターが前に出る。この人は確か魔法での回復と薬草の豊富な知識により、王家お抱えの治療師になった人物だ。

「失礼します」

飲みやすいように体を起こされる。薬草を煎じた液体を飲み、回復魔法をかけてもらう。

「だいぶ楽になりましたわ。ありがとう」

大事はなく順調に回復した。外出の許可が出ると、リーゼロッテを自分の部屋に呼びつけた。

「シャルル様。失礼します」

「久しぶりね。魔物の掃討は終わったの？」

リーゼロッテは王都に帰ってきてすぐに、魔物の捜索と討伐を始めた。今回オークが増えすぎたのは騎士団の活動が甘かったと認識され、その責任を取る形で副騎士団長が出張ることになったそうだ。

といっても普段から討伐はしているので、あのオークの群れのようなものには出会わず、いつもより少し多めに狩ったぐらいで落ち着いたそうだ。

「はい。一応王都周辺で魔物と出会うことはしばらくないでしょう」

魔物は全滅することがない。動物と違って狩りつくしたと思っても、いつの間にか復活している。ゆえに今回のような大量発生が起きたりする。

「そう、ご苦労様。それであの日の話を詳しくしてくれる？」

「心得ました」

あの日というのは、もちろんオークに襲われた日のことだ。

「オークの集団に捕まった私は集落に連れていかれましたが、とある人物に救われました」

「集落……それほどの規模だったのね」

今日の目的は、助けに現れた人物について詳しく聞くためでもあった。軽く報告は受けていたが、救ってくれた人物がいたということしかまだ把握していない。

「私が襲われそうになった時、オークを吹き飛ばし現れたのは小さな子供でした」

「子供？　子供がオークを吹き飛ばしたの？」

「間違いなく」

リーゼロッテは嘘をつかない。冗談を言う場面でもないので本当のことなのだろう。

「その子供は私を助けたあと、次々とオークを倒していきました。おそらくあれは魔法と格闘を用いたのだと思います」

「魔法を使いながら肉弾戦を？」

「はい」

「恐ろしい才能ね」

近接で戦いながら魔法を放つなど、普通はできない。唯一身体強化ができるだろうが、それ以外となるとできる者は少ない。

「その後、シャルル様を助けてほしいとお願いして、救出に向かってもらった次第です」

「そう……。お礼を直接言いたいわね、名前は？」

「アシム・サルバトーレです」

「ん？　確か……」

その名前というか、家名に聞き覚えがある。

「はい、そのサルバトーレです。武功で貴族になり、領地経営を失敗して貴族の位を剥奪された、アダン・サルバトーレ家の子供です」

「なるほど。血はしっかり受け継がれているようね」

親の才能を存分に受け継いでいるようだ。

「それが、会話をした感じだと頭も切れるようで」

「そんなにすごい子なの？」

リーゼロッテの人を見る目は確かだ。少々厳しいところもあってなかなか人を褒めないが、そのリーゼロッテがこのように言うとは、よほど期待できる人物のようだ。

「間違いなく、このまま成長すれば頭角を現すかと」

「ならばぜひ面識を持っておきたいところね」

「取り込みますか？」

命令で付き従わせることは簡単だろう。

「いえ、本人の力でのし上がってきてもらいましょう」

「それは……」

「貴族としてね」

リーゼロッテが驚き、目を大きく開く。

「領地をまた任せるのですか？」

リーゼロッテの疑問も当たり前だろう。一度領主失格の烙印を押された家だ。

「子供は優秀なのでしょう？　だったらその子供を貴族にすればいいじゃない？」

「家を興させるのですか⁉」

継ぐべき家があるのに独立を認められるということは、公爵を狙える位置になるということだ。普通は侯爵止まりで、公爵は基本王族との繋がりがある者しかなれない。

「ふふふ、楽しみね！」

アシム・サルバトーレが何か実績を残せば、国王である父にお願いして貴族にしてもらうのは十分可能なことである。

自分を救った少年が成長して公爵になるとは、実に素敵な出来事だ。

「シャルル様……もしかして」

「あら、邪推は失礼よ」

リーゼロッテは苦笑いしたが、それでもいいかというように微笑む。

才能溢れる若き麒麟児に早く会ってみたい。シャルル姫の心は躍るのだった。

あとがき

はじめまして、やまとと申します。

今回『没落貴族の嫡男なので好きに生きようと思います　～最強な血筋なのにどうしてこうなった～』１巻を手に取っていただき、ありがとうございます。

本作品は、小説投稿サイト『小説家になろう』様にて開催されていた、第８回ネット小説大賞の期間中受賞をいただいた作品になります。

生まれて初めて小説を書いてから２カ月程経った時に生まれた作品で、まさか賞をいただけるとは思いもしませんでした。この作品を選んでくれたツギクル様には感謝しかありません。

実をいうと、ツギクル様以外の出版社様からも打診があったのですが、この作品を一番輝かせてくれるのはツギクル様だなと判断したので、お話を受けることにしました。

書き始めの頃は、貴族の主人公に、優秀な血筋で成り上がるぐらいのテーマしかありませんでした。姉や妹は登場する予定ではありましたが、何が得意でどういった性格なのかも決まっていなかったと思います。しかし、書き進めると自然とキャラが動き出し、登場人物も増え始めて段々と形になっていったことを覚えています。

場当たり的に書いてきたこの物語ですが、実は当初学園を舞台に書こうと思っていました。

しかし、1巻に収まるような文字数では学園編に到達できませんでした。学園編は2巻以降になりますが、『小説家になろう』でよく質問をいただく、「母親はどうなっているのか?」という部分にも触れていく予定です。文字数的に3巻になる可能性もありますが……。

最後に、本作を支えてくださった方々に感謝の言葉を述べさせていただきたいと思います。

まずは、この作品の原点である『小説家になろう』読者の皆様。この作品がここまで続けられたのは、感想や誤字脱字報告などで一緒に作品を作っていただいたおかげだと思っています。

第8回ネット小説大賞に応募しようと思えたのも、多くの読者様がいたからです。

そして、イラストを担当していただいたダイエクスト様、黒銀様、ビッグネームすぎて大変恐縮で嬉しかったです。

さらに、出版に直接的にお世話になったツギクル様、編集者様。私自身初めての出版で色々ご迷惑をおかけしたと思いますが、この1冊を出版するのにご尽力くださいまして本当にありがとうございました。

2巻、3巻と末永くお世話になりたいと考えておりますので、継続出版できるように精進して参りたいと思います。

それでは、この本に出会った皆様が幸せになりますように！

SPECIAL THANKS

「没落貴族の嫡男なので好きに生きようと思います　～最強な血筋なのにどうしてこうなった～」は、コンテンツポータルサイト「ツギクル」などで多くの方に応援いただいております。感謝の意を込めて、一部の方のユーザー名をご紹介いたします。

KIYOMI.A　　ラノベの王女様　　キヨ

ツギクルAI分析結果

「没落貴族の嫡男なので好きに生きようと思います　～最強な血筋なのにどうしてこうなった～」のジャンル構成は、ファンタジーに続いて、SF、恋愛、ミステリー、歴史・時代、ホラー、現代文学、青春の順番に要素が多い結果となりました。

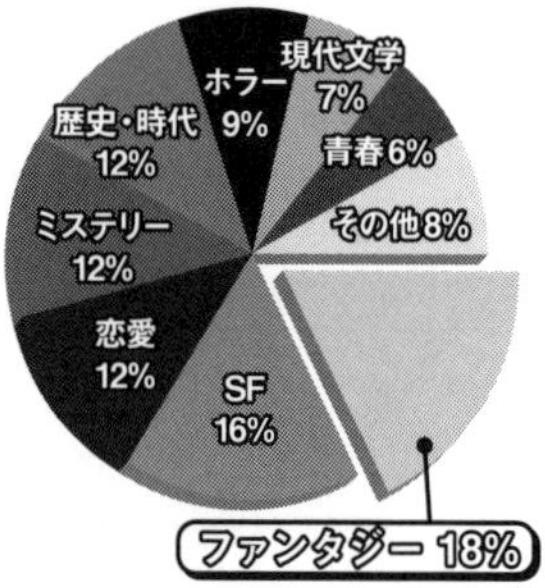

期間限定 SS 配信

「没落貴族の嫡男なので好きに生きようと思います　～最強な血筋なのにどうしてこうなった～」

右記の QR コードを読み込むと、「没落貴族の嫡男なので好きに生きようと思います　～最強な血筋なのにどうしてこうなった～」のスペシャルストーリーを楽しむことができます。ぜひアクセスしてください。
キャンペーン期間は 2021 年 3 月 10 日までとなっております。

転生令嬢は
逃げ出した森の中、
スキルを駆使して
潜伏生活を満喫する
著　灰羽アリス
イラスト　麻先みち
「モンスターコミックスf」でコミカライズ決定！
危険な森でも快適生活！

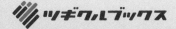

優しい家族と、たくさんのもふもふに囲まれて。
～異世界で幸せに暮らします～
vol. 1~2
「がうがうモンスター」にてコミカライズ好評連載中！
著／ありぽん
イラスト／Tobi
もふもふたちのいる異世界は優しさにあふれています！
小学生の高橋勇輝（ユーキ）は、ある日、不幸な事件によってこの世を去ってしまう。
気づいたら神様のいる空間にいて、別の世界で新しい生活を
始めることが告げられる。
「向こうでワンちゃん待っているからね」
もふもふのワンちゃん（フェンリル）と一緒に異世界転生した
ユーキは、ひょんなことから騎士団長の家で生活することに。
たくさんのもふもふと、優しい人々に会うユーキ。
異世界での幸せな生活が、いま始まる！
本体価格1,200円＋税　ISBN978-4-8156-0570-4
ツギクルブックス
https://books.tugikuru.jp/

悪夢から目覚めた
傲慢令嬢はやり直しを模索中
著 もり
イラスト 六原ミツヂ
異世界の振り見て我が振り直します!
公爵令嬢ファラーラは王太子殿下に婚約を破棄され、心を病んで幽閉されてしまった。
そのとき見た夢は、社長令嬢の蝶子として元友人に婚約者を奪われてしまうというもの。
「蝶子って誰?」「私は婚約破棄されたの?」
悪夢から目覚めたファラーラは、自分が王太子殿下と婚約した翌日
──12歳に戻っていることに驚いた!
よく分からないけれど、夢と同じ人生は歩みたくない。
それにどうせならもっと魔法を活用して、新しいことをやってみたい!
そのためにも、今までの傲慢だった自分を反省し、
明るく楽しい未来を目指してやり直すことを決意する。
ファラーラ(異世界)と蝶子(現代)が奮闘する、
やり直しハッピーファンタジー。
「モンスターコミックスf」でコミカライズ決定!
本体価格1,200円+税
ISBN978-4-8156-0590-2
ツギクルブックス
https://books.tugikuru.jp/

本体価格1,200円＋税　ISBN978-4-8156-0589-6

ツギクルブックス　https://books.tugikuru.jp/

異世界に
転移したら山の中だった。
反動で強さよりも快適さを選びました。
著▲じゃがバター
イラスト▲岩崎美奈子
「カクヨム」
書籍化作品
勇者には極力近づきません！
花火の場所取りをしている最中、突然、神による勇者召喚に
巻き込まれ異世界に転移してしまった迅。
巻き込まれた代償として、神から複数のチートスキルと家などのアイテムをもらう。
目指すは、一緒に召喚された姉(勇者)とかかわることなく、
安全で快適な生活を送ること。
果たして迅は、精霊や魔物が跋扈する異世界で
快適な生活を満喫できるのか――。
精霊たちとまったり生活を満喫する異世界ファンタジー、開幕！
「カクヨム」総合ランキング
年間1位獲得の人気作
(2020/4/10時点)
本体価格1,200円＋税　ISBN978-4-8156-0573-5
「カクヨム」は株式会社KADOKAWAの登録商標です。
ツギクルブックス
https://books.tugikuru.jp/

5巻 2020年
10月発売予定！
もふもふを
知らなかったら
人生の半分は無駄
にしていた
1〜4
著／ひつじのはね
イラスト／戸部淑
冒険あり、癒しあり、笑いあり、涙あり
もふもふたちに囲まれた
異世界スローライフ！
第7回
ネット小説大賞
受賞作！
KADOKAWA
「ComicWalker」で
コミカライズ
好評連載中！
魂の修復のために異世界に転生したユータ。
異世界で再スタートすると、ユータの素直で可愛らしい様子に
周りの大人たちはメロメロ。
おまけに妖精たちがやってきて、魔法を教えてもらえることに。
いろんなチートを身につけて、
目指せ最強への道？？
いえいえ、目指すはもふもふたちと過ごす、
穏やかで厳しい田舎ライフです！
転生少年ともふもふが織りなす
異世界ファンタジー、開幕！
本体価格1,200円＋税　ISBN978-4-8156-0334-2
ツギクルブックス
https://books.tugikuru.jp/

ミリモス・サーガ
―末弟王子の転生戦記
1～2
著／中文字
イラスト／岩崎美奈子
魔道具の鳥でらくらく偵察！
神聖術で身体強化！
スローライフできない
辺境王子の異世界奮闘記
帰省中に遭遇した電車事故によって
異世界に転生すると、そこは山間部にある弱小国だった。
しかも、七人兄弟の末っ子王子!?
この世界は、それぞれの道でぶっちぎりの技術力を誇る
2大国が大陸の覇権をかけて戦い、小国たちは大国に
睨まれないようにしながら互いの領土を奪い合う戦国の様相。
果たして主人公――末っ子王子の『ミリモス・ノネッテ』は
立身栄達を果たせるのだろうか!!
本体価格1,200円＋税　ISBN978-4-8156-0340-3
ツギクルブックス
https://books.tugikuru.jp/

続刊決定!
最新6巻
2020年12月発売予定!
予約受付中
ツギクルブックス創刊記念大賞
大賞受賞作!
カット&ペーストでこの世界を生きていく
著／咲夜
イラスト／PiNe《バイネ》　乾和音　茶餅
最強スキルを手に入れた少年の
苦悩と喜びを綴った
本格ファンタジー
1~5
成人を迎えると神様からスキルと呼ばれる
技能を得られる世界。
15歳を迎えて成人したマインは、「カット＆ペースト」
と「鑑定・全」という2つのスキルを授かった。
一見使い物にならないと思えた「カット＆ペースト」が、
使い方しだいで無敵のスキルになることが判明。
チートすぎるスキルを周りに隠して生活する
マインのもとに王女様がやって来て、
事態はあらぬ方向に進んでいく。
スキル「カット＆ペースト」で成し遂げる
英雄伝説、いま開幕！
本体価格1,200円＋税　ISBN978-4-7973-9201-2
ツギクルブックス
https://books.tugikuru.jp/

ツギクルブックス

愛読者アンケートに回答してカバーイラストをダウンロード！


愛読者アンケートや本書に関するご意見、やまと先生、ダイエクスト（DIGS）先生、黒銀（DIGS）先生へのファンレターは、下記のURLまたは右のQRコードよりアクセスしてください。

アンケートにご回答いただくとカバーイラストの画像データがダウンロードできますので、壁紙などでご使用ください。

https://books.tugikuru.jp/q/202009/botsurakukizoku.html

本書は、「小説家になろう」（https://syosetu.com/）に掲載された作品を加筆・改稿のうえ書籍化したものです。

没落《ぼつらく》貴族《きぞく》の嫡男《ちゃくなん》なので好《す》きに生《い》きようと思《おも》います
～最強《さいきょう》な血筋《ちすじ》なのにどうしてこうなった～

2020年9月25日　初版第1刷発行

著者　やまと

発行人　宇草 亮
発行所　ツギクル株式会社
〒106-0032　東京都港区六本木2-4-5
TEL 03-5549-1184
発売元　SBクリエイティブ株式会社
〒106-0032　東京都港区六本木2-4-5
TEL 03-5549-1201

イラスト　ダイエクスト（DIGS）、黒銀（DIGS）
装丁　株式会社エストール

印刷・製本　中央精版印刷株式会社

ISBN978-4-8156-0588-9
Printed in Japan

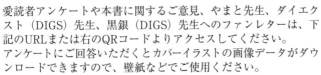

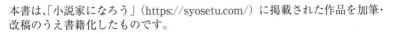